Treating 2U《トリーティング トゥ ユー》

ブルーゲイル　原作
雑賀匡　著
石原ますみ・巴エツル　原画

PARADIGM NOVELS 88

登場人物

藤倉《ふじくら》建《たつる》　心臓が弱く入院中だが、わんぱくな子。パンダ好き。

桧浦《ひうら》霞夜《かよ》　長期入院している。病院内を散歩するのが趣味。

堤《つつみ》伊之助《いのすけ》　人気インディーズバンドのボーカル兼ギター。

沢田《さわだ》杏菜《あんな》　ドジだがなにごとにも一生懸命な新人看護婦。

河村《かわむら》愛《まな》　優秀な看護婦。怒ると恐く、伊之助も頭が上がらない。

藤倉《ふじくら》誠美《まさみ》　夫を事故で亡くし、女手一つで建を育てている。

下小路《しもこうじ》二三《ふみ》　病院内で知らないことはないほどの、情報通。

竹内《たけうち》蛍子《ほたるこ》　検査のために病院に通っている小学生。通称ル子。

上山《かみやま》郁乃《いくの》　祖母の見舞いに来ている。顔を見られるのが嫌。

PART 2　伊之助 & 建

PART 6　霞夜

目次

プロローグ

なんだか理不尽な気がしていた。

堤伊之助《つつみいのすけ》は、病気の自覚のないまま病院のベッドの上にいる。

ここに強制的に入院させられて、かれこれ一週間は経《た》つだろうか…。

ことの始まりは、伊之助が体調を崩したことにあった。

確かに身体の調子はおかしかったが、いつもなら寝ていれば治る風邪をひいた程度のもの。なのに、友人達は伊之助を無理矢理病院に担ぎ込んだのだ。

普段、不摂生な生活をしているので、念には念を…ということである。

気持ちは嬉《うれ》しかったが、はっきり言って迷惑だ。

しかも担ぎ込まれたのは総合病院で、診察だ、検査だとあちこちをたらい回し。たまったものではない。

そのあげく、志摩平《しまたいら》という病院で一番偉い（らしい）医者に入院を宣告されてしまったのである。

志摩曰《いわ》く、

「君の身体は疑わしいところばかりだ。精密な検査をしなければ詳しいことは分からないが、大きな病気の疑いもある。まあ、しばらくは入院してもらうのが一番だな」

つまりなんの病気かはっきりと分からないままの入院だ。

「俺は暇じゃないのに…」

プロローグ

伊之助はベッドの傍らにあるギターの入ったケースを見た。

子供の頃から歌を歌いたくて、中学でバンドを始め、二十三歳になった現在、ようやくインディーズでそこそこ名が売れ始めたところなのだ。

さあ、これから…という時に入院では嘆きたくもなるというものである。

もっとも、昼は音楽活動、夜はコンビニでバイトという生活を数年間続けていたせいで、身体にガタがきたのかもしれない。

仕方ない、せめて練習だけは続けるか…と、伊之助はため息をつく。

ヴォーカル兼ギターが伊之助のポジションだ。入院中に腕が鈍ったとあれば、バンドのメンバーに対しても申し訳がない。

「どうしたの伊之助くん、難しい顔して？」

ちょうど病室に入ってきた看護婦達が、辛うじて前向

きな結論を導き出した伊之助を見て、不思議そうな表情を浮かべた。

「あ、愛《まな》さん……」

入ってきたのは河村《かわむら》愛と沢田杏菜《さわだあんな》。

同じ看護婦でも対照的な二人であった。

愛は看護婦のイメージ通りしっかりしてるし面倒見《めんどうみ》もいい。それに対し、杏菜の方は非常に頼りなさげな看護婦だ。素人の伊之助が見ても、不安になるほどのドジを幾度となく繰り返している。

「堤くんって、変わってますよね」

「杏菜には、言われたくないな」

二人とも若干年上なのだが、伊之助は杏菜だけは呼び捨てにしている。どうも年上という感じがしないからだ。

「そんな、言い方しなくてもいいじゃないですかぁ」

杏菜は少しベソをかきながら答える。

「伊之助くん、また杏菜をいじめる」

「いじめじゃないですよ、コミュニケーションってやつです」

悪意はないが、どうも杏菜を見ているとからかいたくなってしまうのだ。

「ほら、杏菜もそんなことでめそめそしないで、伊之助くんの体温を記入して」

プロローグ

「……はい。堤くん今日の体温は何度でした？」

杏菜はうっすら浮かべた涙を拭《ぬぐ》いながら伊之助に訊《き》いた。またからかってやろうかと思ったが、愛が目を光らせているので、伊之助は素直に平熱だと答えた。

「あのさぁ」

「はい？」

「俺って、いつ退院出来るの？」

何回も検査をしているが、その結果は未だに教えてもらっていない。熱を計っても、いつも平熱。一週間入院している間に、最初の風邪の症状も治ってしまっているのだ。

「ほら、俺元気だし、病気の自覚ないし」

「でも…」

「どうしたの？」

同室患者の体温を記入し終えた愛が戻ってきた。

「俺いつ退院出来るのかなって」

「さあ…でも伊之助くんは元気みたいだし、検査が終わればすぐ出られるわよ」

「でもな〜」

「男の子がグダグダ言わない」

「…子供じゃないんだから、男の子って」

「そう、子供じゃないんだから、大人しくしてなさい」

「…なんか、上手く誤魔化《ごまか》されたみたいだな」

曖昧《あいまい》な愛の言葉に、伊之助は恨みがましい目を向けた。

「そう言わないの」

「あの河村さん、そろそろ時間が…」

「あっ、じゃあ私達は他の病室回るから、大人しくしてるんだぞ」

「だから子供じゃないんだから」

「はいはい。もし調子が悪くなったら、そのボタンで呼んでね」

そう言い残して、二人は病室を出ていく。

…調子が悪くなったら、か。

なんの自覚症状もないのに、突然悪くなるはずもないだろう。

伊之助はゴロリとベッドに横たわった。


大人しくしていろ、と言われてはいるが…。

伊之助は消灯時間になるのを待って、そっと病室を抜け出した。

半ば諦《あきら》めの心境で入院生活を甘受していたが、一つだけどうしても我慢出来ないことが

プロローグ

ある。それは食事の量が少ない上に、全て薄味なことだ。

身体が悪いなら我慢しようという気にもなるのだろうが、至って元気な伊之助には耐えられないことである。

そんな時、ふと頭をよぎるのは『酔客』のおでん。

『酔客』は病院の近くにある伊之助お気に入りの飲み屋だ。豊富な種類のおでんダネと人のいいおやっさんでもっている人気の店である。

一度思い浮かべると、なんだか急におでんが食べたくなった。

入院中の身としては許されることではないのだろうが、思い立つといても立ってもいられなくなり、深夜の無断外出となったのだ。

しかし…。

「だああっ、閉まってやがる」

ロビーを抜けて正面玄関に来たものの、そこには厳重に鍵《かぎ》がかけられていた。常識的に考えれば、夜に出入りする患者がいるはずもないので当たり前のことなのだが…。

「俺のおでん〜」

ここまで来て諦めるのは悲しすぎる。

なんとか外に出る方法はないかと思案していると、

「どうしたんですか、こんな場所で？」

不意に背後から女性の声。

振り返ると、入院患者らしき女の子が伊之助を見つめている。年は少し下だろうか？

「いや…ここのメシが味気ないから、外に出て何か喰おうかと思って…」

相手が看護婦でなかったことに安堵《あんど》し、伊之助は正直に答えた。

「それで、こんな時間に？」

「まあね」

女の子は不思議そうな表情を浮かべたが、事実なのだから仕方がない。

「でも、この時間はこっちから出られませんよ」

「そうみたいだな」

「夜間通用口なら開いてます」

「夜間通用口？」

「あれ、知らなかったんですか？」

…そうか、そんなものがあったのか。

入院して間もない伊之助は、病院の構造を全て把握している訳ではなかった。

「あんたは、ここ長いのか？」

「そうですね…長いかもしれません」

女の子はそう言って複雑な笑みを浮かべた。少なくとも伊之助より病院内のことを知っている分、長く入院しているのだろう。

「…あのさ、一緒にメシ喰いに行かない？」

伊之助はふと思い立って女の子を誘った。どうせなら一人より二人の方がいいし、それが可愛い女の子なら更にいいだろう。別に深い意味があった訳ではない。

「え…でも…」

「ずっとここの味気ないメシ喰ってたんだろ？」

「言うほど味気ない訳じゃないですけど…」

「ダシの利いたおでん、喰いたくない？」

「でも……」

女の子は躊躇《とまど》ってはいたが、少し興味があるような感じだ。病院に軟禁されているような状態では、伊之助の誘いがひどく魅力的に感じるのだろう。

「大根とか噛《か》み締めると、口一杯におでんの汁がしみだしてくるんだぜ」

「…ちょっと……いいかも」

伊之助の表現に、女の子は思わずという感じで頷《うなず》いた。

「よし決まり！　どうせ眠れなくなってたクチだろ」

「ええ、まぁ…」

「あんたの名前は？」

「私、桧浦霞夜《ひうらかよ》です」

「じゃあ、霞夜ちゃんな。…いや、ちゃんづけも失礼か？」

「ふふ、霞夜でいいですよ」

女の子…霞夜は小さく笑った。

「ん、じゃ霞夜って呼ばせてもらうよ。俺は伊之助、堤伊之助」

「堤さんですね」

「俺のことも、伊之助でいいよ」

「はい、伊之助さん」

はにかんだような霞夜の表情を見て、伊之助は誘って良かったとしみじみ思った。


木枯らしの吹く中を歩き、身体が冷えきる前に『酔客』にたどり着くことが出来た。

のれんをかき分けて店内に駆け込んだ途端。

「らっしゃい」

店の中から店主の威勢の良い挨拶《あいさつ》が飛んでくる。

「こんばんは、おやっさん」

「おや、堤さん…珍しいですね。女の子連れなんて」

プロローグ

「こんばんは」

「いらっしゃい、堤さんの彼女ですか？」

霞夜が小さく頭を下げると、店主はにこにこと楽しそうに聞いてくる。

「違いますよ、いま俺そこの病院で入院してて、う～ん入院仲間っていうのかな、まぁそんな感じです」

「堤さん、入院ってどこか悪いんですか？」

店主がギョッと伊之助を見る。だが、どこが悪いのか伊之助の方が訊きたいぐらいだ。

仕方なく入院する羽目になった理由を簡単に説明した。

そういうこともあるもんなんですかねぇ…と、店主は首を傾《かし》げる。

「でもまあ、それなら遠慮なくいけますね」

「もちろん」

伊之助はしっかりと頷いた。そのつもりで、この寒空の中をやって来たのだ。

「んじゃ、とりあえずビールを下さい。霞夜は？」

「私は烏龍茶《ウーロン》を…」

「あれ、飲まないの？」

「私は本当に病人ですから」

「ああ、そうか…」

考えてみれば当たり前だ。普通の入院患者は、伊之助のような経緯で入院している訳ではなく、それなりの理由があるからなのだ。

「…じゃあ、俺も烏龍茶」

「いいですよ、伊之助さんはビールで」

「でもさ…」

なんとなく、飲まない者の隣で飲むのは気が引けるものだ。その理由が病気にあるとすれば尚更《なおさら》である。だが、霞夜は伊之助が飲めば自分もそんな気分になれる…と、強引に押し切ってしまった。

「じゃあ、おやっさん。俺はビールで、霞夜には烏龍茶をジョッキで」

「伊之助さん、ジョッキって？」

「気分の問題だろ」

「へい、ビールお待ち…ってこれでいいんですかね？」

二人のやりとりを聞いていた店主が、気を利かせて雰囲気を盛り上げてくれる。こんなさりげない気遣いが、この店の人気の秘訣《ひけつ》なのだろう。

「じゃあ、カンパイしよう。病院脱出記念とその相棒に…」

伊之助はそう言ってグラスを持ち上げた。

「相棒って私ですか？　なんだか悪者みたいですね」

「そう悪者だぜ。だって共犯だもん」

「……そうですね」

「迷惑だったか？」

いいえ…と首を振り、霞夜は烏龍茶の入ったジョッキを重そうに持ち上げた。

「私は新しいお友達にカンパイします」

「オッケー、それじゃあ…」

「乾杯…」

二つのジョッキが、カチンと小さく音を立てた。


熱々のおでんを堪能した二人が店を出ると、木枯らしは一層の冷たさを増しているように思えた。今まであたたかい場所にいた分、その寒さは身に染みるようだ。

霞夜も寒そうに身を縮めながら歩いている。

「うう寒い。早く帰ろうぜ」

「…はい」

「霞夜…？」

さっきまで上気していた顔がいつの間にか青ざめ、なんだか呼吸が荒いように見えた。

「なんでも…ないです。平気ですから…」

霞夜はそう答えたが、顔色は急激に悪くなり、肩で息をする姿はとても平気なようには思えなかった。

「俺、おぶってくよ」

伊之助は慌てて霞夜の前に背を向けてしゃがんだ。とても一人で歩かせられる状態ではない。霞夜は少し躊躇ったが、伊之助が強く言うとゆっくり身体を預けてくる。

「それじゃ、行くよ」

そう言って立ち上がった伊之助は、まず霞夜の軽さに驚いた。

そして背中越しに伝わってくる、熱いくらいに上昇した霞夜の体温。耳元で聞こえる荒い呼吸音。伊之助はその全てに動揺し、霞夜が自分とは違って本当の病人であることを嫌でも実感させられた。

「あの…私、重くないですか？」

「全然軽いよ。それより、すぐ病院に着くからな」

「…やさしいんですね、伊之助さん」

「普通だろ、これくらい。…いいから大人しくしてな」

「はい…」

そう答えた後、霞夜から聞こえてくるのは荒い呼吸音だけに変わった。その呼吸音に促されるように、病院に向かう伊之助の足取りは必然と速くなる。

「ごめんね…伊之助さん」

「悪いのは俺だよ」

伊之助は霞夜を連れ出したことを初めて後悔した。


病院に駆け戻った伊之助の元に、事情を知った看護婦達が押し寄せ、霞夜を台車つきのベッドに乗せて連れ去った。

為す術《すべ》もなく呆然《ぼうぜん》とその光景を見つめていた伊之助の背後から、少し呆《あき》れた表情を浮かべた志摩が近寄ってきた。

「志摩先生…霞夜は…」

「ただの発作だから、大丈夫だろう。…たぶん外と中の温度差にやられたんだろうな」

「発作？　温度差？」

考えてみれば、伊之助は霞夜がどんな病気で入院しているのか知らないのだ。病名を訊いてみたが、志摩は詳しいことを言っても仕方がないと教えてくれなかった。

確かに専門的なことを聞いても分からないだろうが、自分のせいで霞夜が苦しんでいるとしたら気になるのが当然だろう。

「そうだな…かなり重い病気だとだけ言っておこう。彼女は意味もなく入院している訳ではないのだ」

「それはそうだけど…」

「とにかく伊之助、外出したければ届けを出せ。特に問題がなければ許可してやる」

「え…そうなんだ？」

入院の規則など知らない伊之助には意外な言葉だった。てっきり外出は出来ないと思っていたからこそ、夜に抜け出そうと考えたのである。

「だから今回の様なことは二度とするな。今日はただの発作ですんだから良かったものの、彼女の場合は最悪の事態も考えられるのだからな」

「最悪って…」

「言葉通りだ」

志摩の真剣な声に、伊之助は自分の考えのなさが嫌になった。

夜に病院を散歩してるくらいだから、そんなに悪い病気じゃないと…いや、そんなことさえも考えなかった。ただ、そこにいたからつき合わせただけのことだ。

霞夜は長く入院してると、ちゃんと言っていたのに…。

「ただな…伊之助。彼女の病は重い、だからと言って特別扱いはしないで欲しいのだ」

「…え？」

伊之助は言葉の意味が分からず志摩の顔を見た。

「彼女はここでの入院生活が長い。本来なら同じ年頃の友人が何人もいるはずなのに、それを作る期間を闘病生活で失くしてしまったのだ。彼女にはお前の様な話し相手が必要だ。それも、病人として接するのではなく、ただの友人として接する人物がな」

「それは別に構わないけど…」

友達なら、愛や杏菜ではダメなのだろうか？

二人と良く話をする…と霞夜は『酔客』で伊之助に語っていた。

だが、そのことを口にすると、志摩は即座に首を振る。

「彼女達は看護婦だからダメだ。いくら普通に接しようとしても、病人だという意識がどうしても先に立つ。私達は患者を診ることを職業としているのだからな」

親身に接してくれる医者や看護婦も所詮《しょせん》はそれが仕事だ。心が弱れば、それさえも信用出来なくなるのだろう。

「だから、お前には桧浦君の……」

「そんなこと言われなくても、俺はもう霞夜と友達だよ」

霞夜は伊之助のことを友達と呼び、カンパイしてくれたのだ。志摩に言われて、今更改めて友達になる必要はない。

「ふむ、そればならばもう言うことはない。早く病室に戻りたまえ」

志摩は珍しく、伊之助に対して微笑《ほほえ》んで見せた。

PART1　病院の日々

窓から入る強烈な朝日は、白い病室に反射して眩《まぶ》しいほどだ。

朝の至福のまどろみを邪魔されて、伊之助は頭から布団を被《かぶ》り直した。

ずっと深夜のコンビニでバイトをしていたために、身体がすっかり夜型になっているのだ。どうも病院の規則正しい生活には馴染《なじ》めない。

…もう一度寝直そう。

そう決め込んで、再びまどろみの中に溶け込んでいこうとする伊之助を、誰かが無遠慮な声で引き戻そうとする。

…ええいっ、うるさい。

伊之助は声を無視して布団から頭を出そうとしなかったが、声の主の追求はそれだけでは終わらなかった。布団の中に手を潜り込ませて伊之助の足を掴《つか》んでくる。

「杏菜はそっちを持って。いい、いくよ？」

「はいっ」

ずるずる…と、伊之助は看護婦二人…愛と杏菜によって布団の中から引きずり出された。

「お〜れ〜の〜し〜ふ〜く〜の時が〜」

「バカなこと言ってないで、さっさと起きる」

伊之助の心の叫びはバカなことで片づけられた。

…これだから入院生活は嫌なんだよなぁ。

「それと…聞いたわよ、伊之助くん」

「何を、ああっ…ひてててて…」

愛は伊之助の頬《ほお》を両手で摘むと、グイグイと力任せに引っ張った。

「どうして、病院抜けだしたの？」

「…おでんが食べたかったから」

グイ…。

「どうして、桧浦さんを連れて行ったの？」

「ロビーで会ったから…」

グイ、グイッ…。

「ど・お・し・て・き・み・は・そういうことをするかなぁ‼」

愛は言葉に合わせ、摘んだ伊之助の両頬を上下左右に引っ張り回す。

「うー、すいまへん！」

「河村さん、あまりやりすぎると堤くんが…」

おっといけない…と、愛は慌てて伊之助の頬から両手を離した。患者の頬を摘み上げる看護婦も珍しいが、伊之助は文句を言える立場ではなかった。

「堤くん、反省してますか？」

杏菜の問いに、伊之助は素直に頷《うなず》いた。

あれほど苦しそうな霞夜の姿を見ているのだ。志摩や杏菜達に言われるまでもなく、自分の軽はずみな行動を深く自省していた。

「…俺、後で霞夜の病室に顔出してみるよ」

「よろしい」

愛が満足したように頷く。

「では、堤くん。朝ご飯ですよ」

杏菜が朝食の載ったトレーを、配給用のワゴンから取り出した。

なめこ汁と納豆、後は塩鮭が一切れにお新香、牛乳といったところだ。

どれもたいした量ではないが、夜型で朝食を食べない生活を送っていた伊之助はにとっては拷問に近い。まして昨日の夜は、霞夜と共にたっぷりとおでんを食べているのである。

「俺…朝飯なんか食えないよ」

「文句ばっかり言ってないで食べるのっ」

伊之助の事情など無視して、愛がきっとした表情を向ける。

「え～、だけど…」

「少しでも食べて下さい、残してもいいですか………あっ！」

伊之助に向けてトレーを差し出した杏菜は、どうしてそんなところで…というような場所で、見事につまずいた。

「えっ？」

転んだ杏菜が持っていたトレーは、慣性に従って一直線に伊之助に向かって飛んでくる。まるで信じられないような出来事に、伊之助は身動き一つ出来ず、トレーの上にあった食事を頭から被ることになった。

ガシャン！

と食器が音を立てた時には、少しぬるくなったみそ汁と納豆が、伊之助の頭からだらだらとこぼれ落ちていた。

「ご、ごめんなさいっ。堤くん火傷《やけど》とかは…」

「……別に」

火傷はないが、なめこ汁と納豆のぬめぬめダブル攻撃でかなり気持ち悪い。まさか、入院してこんな体験をするとは思ってもみなかった。

「あ〜あ、これも天罰かな」

「これは人災だろ」

「ううっ、ごめんなさい」

呆《あき》れ顔《がお》の愛とは対照的に、杏菜はすでに半べそ状態だ。でも一番泣きたいのは、ぬめぬめになった伊之助に他ならない。

「頭……洗ってくる」

伊之助はムスッとしたままベッドから降りた。

「あ、あの…堤くん。食事は…」

「今ぶちまけたとこだろ？」

「また新しいのを持ってくるから…少しは食べないとダメだよ」

半べそかいてオロオロしながらも、杏菜はあくまでも看護婦の態度を崩さない。

これ以上突っぱねて、また頭からみそ汁を被るのは御免だ。

「分かったよ、食べるから置いといてくれ」

伊之助は仕方なく頷いた。

「へ〜、伊之助くんにご飯食べさせる時は、頭にかけてあげればいいんだ」

愛はとんでもないことを言って、くすくすと笑った。

…こんなことなら、初めから大人しく食べていれば良かった。


朝食が終わると検査がない日は暇になる。この暇な時間というのが、忙しい毎日を送っていた身としては苦痛に感じられるのだ。

…こんな時は、あれしかない。

伊之助は同室の患者がいなくなるのを見計らって、ベッドの横に置いてあるケースからギターを取り出した。

入院の際に、何はともあれギターだけは…と持ってきたのだ。

練習しないと腕が落ちるという理由もあるが、何よりギターのない生活など伊之助には考えられなかったからである。

もっとも、一緒に持ち込んだミニアンプの音量も絞らざるを得ないし、練習も人のいなくなった時に限られるのだが…。

軽く弦を弾《はじ》きながら、出来るだけ小さく曲を奏でる。本当は思いっきり掻《か》き鳴らしたいのだが、場所が場所だけにはばかられるものがあった。

と…。

病室の入り口の方から視線を感じて、伊之助はふと顔を上げた。そこにはパンダのヌイグルミを抱えた子供が、指をくわえてじっと伊之助を見つめている。

…なんだか照れくさいな。

伊之助はベッドの上でグルリと反転して、子供に背を向けた。別に邪魔という訳ではなかったが、見つめられていると落ち着かない。

どうせすぐに飽きていなくなるだろうと思ったのだが…。

タタタタ…。

スリッパも履かず冷たい床の上を走る音がすると、子供は伊之助の前に現れ、ニイッと笑みを浮かべた。如何《いか》にも悪戯《いたずら》坊主という感じだ。

「………………」

伊之助は再びベッドの上で反転した。

はっきり言って子供は苦手だ。どう扱っていいのか見当もつかないし、今は練習に熱中したいのだ。

少し大人げないが、伊之助は子供を無視することにした。

子供はしばらく伊之助の周りをウロウロとしていたが、やがて相手をしてもらえないと分かると、無言のまま病室を出ていった。

悪かったかな…と考えながらギターを弾き続ける伊之助の頭に、
べしっ！

と突然、何かがぶつかった。

あまり固くない物体なので痛くはなかったが、何事かと振り返った伊之助は、今度は同じものを額にくらうことになった。

「ミカン…？」

自分の額にあたってコロコロとベッドの上を転がるものを、伊之助は呆然《ぼうぜん》と見つめた。

飛んできたと思われる方向に視線を向けると、さっきの子供がニヤッと不敵な笑みを浮かべている。手には、まだ二つのミカンが握られていた。

「お前なぁ…」

いくらなんでも黙ってはおれず、伊之助が口を開きかけた途端。

ベシッ！　ベシッ!!

今度は二連発で直撃するミカン。

「あっかんっ、べぇ～!!」

言葉を失った伊之助に、子供は思いっきり舌を出して走り去って行く。それが挑発とは分かっていながら、伊之助はついカッとなってベッドから飛び降りた。

「こ、小僧～っ」

伊之助は熱くなってしまったが、子供の方は自分の策略が上手くいって満面の笑みを浮かべながら、嬉々として廊下を走る。

ようやく追いつこうとした瞬間、子供は反対側から歩いてきた看護婦の背後にサッと隠れた。伊之助はその看護婦が愛であることに気づき慌てて足を止めた。

「伊之助くん、廊下は走らないっ」

「あっと…すいません」

「建《たつる》くんも分かるよね？」

「はーいっ」

子供は手を上げながら、素直に答えた。伊之助にミカンをぶつけた時の不敵な笑みとは大違いである。

「よし…あ、伊之助くん。この子は同じ入院中の藤倉《ふじくら》建くん」

「はあ…」

「ほら、建くんこの歳で入院だからあんまり友達とかいないんだよね」

「そうでしょうね」

頷きながら、伊之助は愛が言おうとしていることを察して嫌な予感を感じた。

「だから仲よくしてあげてね」

…やはり嫌な予感、大的中だ。

「にーたん、お名前は？」

愛の話から遊んでもらえると分かったらしく、建はさっきよりも子供っぽい表情で伊之助に名前を訊《き》いた。

「おいおい…俺は」

まだ遊ぶことを承知した訳ではない。

が…。

「…伊之助くん」

愛にジロリと睨《にら》まれては、ここで拒否することも出来ない。仕方なく、伊之助は建に名前を教えて、今後仲良くすることを誓わされてしまったのである。

「じゃあ、よろしくね」

愛はそう言い残して、さっさと仕事に戻っていく。なんだか理不尽な子守りを押しつけられたような気分だった。

「にーたん、遊ぼっ、遊ぼーっ！」

「遊ぼと言われても…」

ほとんど子供を相手にしたことのない身としては、遊ぶといっても何をしていいのか見当もつかない。なんとか建から自由になる方法はないものか…と考えて、伊之助はふとある口実を思いついた。

「あのな建。実は俺には行かなきゃならないところがあるんだ」

「にーたん、どこに行くの？」

「友達のところに見舞いだ」

霞夜のことである。

どうせ午後にでも訪ねてみようと思っていたのだから嘘《うそ》ではない。

「ん〜…ボクも行くぅ！」

「………………」

そんなのつまらないから一人で遊ぶ…という言葉を期待したのだが、建は伊之助の予想を裏切って、力一杯同行の意志を示した。

…まあ、いいか。

この様子では、きっと何を言ってもついて来るだろう。どうせ逃げられないのなら、慣れない遊びにつき合わされるより、霞夜の見舞いに連れて行く方が疲れなくて済むかも知れない。

「じゃあ、建。売店に寄って何か見舞いを買っていくぞ」

「うん！　おかし〜」

「…建のを買うんじゃないぞ」

伊之助の言葉など耳に入っていない様子で、建は先に立って一階にある売店の中に駆け込んで行った。他の品物には目もくれず、一直線にお菓子のコーナーに向かう。

…やれやれ。

伊之助はため息をついて建を見送りながら、霞夜への見舞いを物色した。

場所が病院の売店なので一通りのものは売っているが、これといって気の利いた品がある訳ではない。

…まあ、俺も入院している訳だし、特に気張る必要もないよな。

少しでも間を持たせる程度のものがあればいいのだ。建ではないが、それこそお菓子でもいいかも知れない…と伊之助が考えた時。

「にーたん」

建が駆け戻ってきた。手にはおまけつきのガムが三つ抱えられている。

「建、お前それは…？」

「にーたんとお友達とボクの～」

「それは俺が買うのか？」

「うんっ！」

建は買ってもらう気満々で伊之助を見つめている。

見舞いの品がおまけつきのガム…。

なんだか不似合いな気もするが、代わりにこれといったものがある訳ではない。それに目を輝かせて伊之助を見つめる建をガッカリさせるのも可哀想な気がした。

「…分かった。買ってやるよ」

「やったー！　にーたん、ありがとーっ」

伊之助が同意すると、建は嬉《うれ》しそうにガムを抱えたままレジに向かって走って行った。

「うわっ！」

売店のレジで精算を済ませていると、店の外で、ガムを抱えて先に出て行った建の声が上がった。

「建っ…⁉」

慌てて伊之助が後を追うと、建は床に大の字に転っていた。その前には私服の女の子。おそらく建が前も見ずに飛び出してぶつかったのだろう。

なんで子供というのは無意味に走り回るんだ…。

「大丈夫？」

と女の子は建に手を差し出した。

うん…と頷きながら、建は女の子の手を借りて立ち上がる。

「泣かなかったんだ…えらいんだね」

女の子は建の頭を軽く撫でながらそう言った。

「うん、ボク泣かないよ」

建は女の子の言葉に胸を張りながら笑顔で答える。女の子はそんな建を好ましげに見ながら、床に散らばったガムを拾って渡した。

「ありがとー、おねーたん」

「うん」

女の子が建に向かって微笑《ほほえ》む。

そんな光景を、伊之助は無言で見つめていた。

本当はすぐにでも礼を言った方がいいのだろうが、そんなことにも気が回らないほど…

女の子に見とれていたのだ。

非常に整った顔立ちで、頬に張られた大きなガーゼが顔の半分近くを覆っているのだが、そんなことは少しも気にならない。それほどまでに女の子の笑顔は魅力的であった。

が…。

女の子は伊之助が自分を見ていることに気づき、不意に笑みを消して厳しい表情を浮かべた。まるで、その瞳は伊之助に恨みがあるかのようだ。

「あ、あの…」

伊之助はようやく我に返り、建を助けてくれた礼を言おうとしたのだが…女の子は伊之助を無視して無言で立ち去って行った。

「にーたん、おねーたん、どうしたの？」

「…分からん」

初対面の女の子に、あれだけ敵意のこもった視線を向けられる覚えはないのだが…。

「何を言ってんだい」

「え…？」

突然、背後から聞こえてくる声。

振り返ると、そこには冗談のように小さなお婆さんがいた。

「あんたが郁乃《いくの》ちゃんの顔をじろじろ見るからだよ」

「郁乃ちゃん…って俺のせいなの？」

「あんたのせいだよ」

お婆さんはそう言って伊之助の顔をじっと見ると、ははあん…と頷いた。

……誰なんだろう、この婆さんは？

「あんたが堤伊之助だね」

「え、そうですけど…？」

「やっぱりそうかい、いやぁ本当に噂《うわさ》通りだね」

「なんですか、その噂って？」

見知らぬ相手が自分のことを知っているほど気持ちの悪いことはない。しかも噂とはなんなんだろう。

そんな伊之助の様子を見て、お婆さんは得たりと言わんばかりに笑みを浮かべた。

「私は下小路《しもこうじ》二三《ふみ》。この病院の常連さんだよ」

「ああ…俺は……」

急にお婆さん…二三が名乗ったので、伊之助も自己紹介をしようと口を開きかけたが、

「いいよ、あんたのことは」

二三は手を上げて伊之助の言葉を止めた。

「え？」

「堤伊之助、年齢二十三歳。ふりーたー。現在彼女なしのふりー。昼間は趣味で音楽活動をし、夜はこんびにでばいとをして生計をたてる」

「な……」

「体調を崩して病院に来たところを、志摩先生に入院を通達され今にいたる。とれーどまーくはそのめたりっくぶるーの髪とつけっぱなしのさんぐらす。特技はぎたーと歌うこと」

二三は一気に喋《しゃべ》り終え、こんなとこかね…と、唖然《あぜん》とする伊之助を見た。

おそらく、伊之助が自分で説明するよりも詳しくて正確なプロフィールだろう。

「婆さん…」

「自己紹介したんだから、二三さんとでも呼んどくれ」

「じゃあ、二三さん…なんでそんなことまで知ってんの？」

ここまで知られていると気味が悪い。

「堤くんは目立つからねぇ。噂は集めやすかったよ」

伊之助が恐る恐る訊くと、二三はなんでもないことのようにあっさりと答えた。

「じゃあ…今の全部噂で？」

「そう、どこにでもこういう婆さんはいるものだろ」

「そりゃ…そうだけど」

…桁《けた》違いだ。

伊之助はそう思わざるを得ない。

二三の説明にもあったが、バンドをやっているために伊之助は目立つメタリックブルーの頭をしている。その分、確かに病院内では目立つ存在だろう。

だからといって、入院一週間程度の伊之助の情報をここまで集めることが出来るのは、ある意味恐ろしささえ感じる。

「郁乃ちゃんは顔を見られるのが嫌なんだよ」

「え…？」

不意に話が変わって、伊之助は二三がさっきの女の子の話をしていることに気づくまで、しばらくの間を必要とした。

「ああ…さっきの娘《こ》か。すげぇ綺麗《きれい》な顔してたから…つい」

「あんたも見ただろ、あのガーゼ。あの娘…顔に大きな傷があるんだよ」

「……傷？」

「そうさ。今日は珍しく笑顔を見せてたっていうのに…」

「でも…さっきのは不可抗力で」

「何を訳分かんないこと言ってるんだい。…とにかく、もう郁乃ちゃんの顔をじろじろ見るんじゃないよ」

二三はそれだけを言うと、さっさと立ち去ってしまった。

「綺麗だったから見てただけなのに…」

伊之助はどこか釈然としないものを感じると同時に、これもまた噂の一つとなって病院内に流布されるんだろうか…と複雑なものを感じた。


見舞いを買った伊之助と建は、ウロウロしていた杏菜を捕まえて霞夜の病室を訊いた。

教えられたフロアに来ると、病室のネームプレートを順番に確認していく。幸いにも、たいして時間もかからずに霞夜の病室を探し出すことが出来た。

「ええ…っと」

昨日のことがあるので少し入り辛《づら》いが、ここまで来て戻るのも馬鹿らしい。伊之助は覚悟を決めて、病室のドアをノックしたが…。

ガラッ！

返事があるよりも先に、建が病室のドアを思いっきり開けていた。しかも、建はすでに部屋の中だ。

「…あなたは？」

「ふじくらぁたつるぅです」

見ると、建はベッドの霞夜に向かっておじぎをしている。そんな姿を見ていると、少し緊張していた伊之助は、気の抜ける思いがした。

「こんにちは、霞夜」

「あ、伊之助さん…」

伊之助が病室に入ると、霞夜は少し驚いたような表情を浮かべた。

「気分は？」

「もう大丈夫です……」

あの…と、霞夜は急に言いよどんだ。

「昨日はごめんなさい。私身体弱いのに…」

「悪いのは俺の方だろ」

霞夜の事情も知らず、無理矢理に連れ出したのだ。どう考えても、悪いのは伊之助の方で、霞夜が謝る理由など一つもない。

「でも、病院まで運んでもらっちゃって…」

「気にすんなって、友達だろ。昨日は乾杯までしたじゃないか」

「……あ」

「それに、今日からこいつも友達だ」

「うん、ボクもおねーたんとともだち～」

伊之助が言うと、建もにこにこと嬉しそうに答える。考えてみれば建も友達が少なかったのだ。ずいぶんと歳の離れた友人になるが、その点では伊之助も同様だろう。

誰にとっても、友達は多いに越したことはない。

「…うれしい」

霞夜は初めて笑顔を見せた。

建に対する社交辞令ではなく、霞夜自身が本気で喜んでいることはその表情から容易に分かる。

「そうだ、売店に寄ってきたんだ。…建もいたんでお菓子だけど」

伊之助は買ってきたものを霞夜の前に差し出した。

「別にそんな気を遣わなくても良かったんですよ」

「気を遣うってほどでもねぇよ。だって全部建の趣味だもん」

「にーたん、ボクのガムー♪」

建が思い出したように、小さな手を伊之助に向かって伸ばした。

「ああ、ほらよ」

「やったー、ガムー♪」

伊之助からガムを一つ受け取ると、建は早速床に座り込んで、おまけのパーツの少ないプラモデルを取り出し、組み立て始めた。

「女の子の見舞いだって言ってんのに、両手に三人分のガム抱えてくるんだぜ」

「かわいいですよね」

霞夜は建を見て笑った。

「そうか？」

「はい。伊之助さんもそう思ったから、ガムを買ってあげたんですよね？」

「どうだか…」

「にーたん、おねーたん！　おまけ、ボクが作ってあげる～」

建が伊之助の言葉を遮るようにして、二人の間に割って入ってくる。伊之助達はそれぞれガムの箱を開け、おまけを取り出して渡した。

「ちょっと待っててね～」

建は嬉しそうにそれを抱えると、またさっきと同じように床に座り直して、おまけを組み立て始めた。

「あ～あ、もう完全に自分の世界に入ってるぜ」

「そうですね」

伊之助達の手には、おまけのなくなったガムが残った。

建の主目的はあくまでおまけにあって、ガム自体は二次的なものらしい。そういえば伊之助も子供の頃に、同じようなスナック菓子やチョコレートを親にねだった覚えがある。

包み紙を取ってガムを口の中に放り込むと、思いのほか柔らかく、フーセンガムであることに気づく。伊之助は懐かしくなって、大きく膨らませてみた。

「あっ、伊之助さんすごい」

顔半分くらいの大きさに膨らんだガムを見て霞夜が感嘆の声を上げた瞬間、ポスッと情けない音と共に破裂した。

伊之助の顔に、ペタリと破裂したガムがへばりつく。

「ふふっ、伊之助さんすごい顔してますよ」

「あんまり笑うなよ」

顔に張りついたガムをはがしながら伊之助は言ったが、霞夜は楽しそうに笑い続けた。

ほぼ同年代ということもあって、伊之助達は子供の頃に食べたお菓子や、見ていたＴＶドラマについての他愛のない話を続けていると。

「おねーたん！」

今まで一人でおまけに熱中していた建が、突然乱入してきた。

「どうしたの、建くん？」

「おねーたんのだよ」

霞夜の問いに、建はさっき受け取ったおまけを差し出した。どうやら完成したらしい。

「さっきの出来たんだ。ありがとう、建くん」

「建、俺のは？」

「にーたんのはこれ〜っ」

建はそう言って、伊之助に出来上がったおまけを渡した。だが完成品とはいえ、さっき手渡した組み立て前のものと、少し形状が違うような気がする。

「建…これさっき渡したのと違わないか？」

「お、おんなじやつだよ〜」

僅《わず》かに動揺したような建を見て、伊之助はある確信を持った。

「…お前、俺のと取り替えただろ？」

「ちがうもん、にーたんのはそれなの！」

建は必死になってそう主張したが、その態度から嘘をついていることは明白である。そこまでして、自分のものと取り替えようとするのは…。

「お前、これと同じものを持ってるんだろ」

「…うん」

建は少し黙ってから、小さく頷いた。

やっぱりな…と、伊之助はため息をついた。多分シリーズもので、幾つか種類があるのだろう。やはり伊之助の子供の頃にも、同じようなシールやカードがあった。

「建、欲しかったら欲しいって言おうぜ」

「……だって」

「そういうことしてると、セッコい大人になるぜ」

取るに足らない些細《ささい》なことだ。黙って取り替えてやることも出来たが、嘘をつけばいいと思われるのは気に入らない。

「うぅ…」

建は言葉を失い、半べそをかきながら俯《うつむ》いた。

「伊之助さん…」

その様子を見ていた霞夜が窘《たしな》めるように囁《ささや》いた。

少し強く言いすぎたかな…と、伊之助は後悔した。建は目尻に涙を溜めている。

「それで建…後いくつで全部集まるんだ？」

「ふたつ……」

建は小さい指を二本立て答えた。

「よし、それじゃ俺と一緒にいる間に全部そろえるか」

「ほんと、にーたん」

建はパッと顔を上げた。今まで涙を浮かべていたというのに、もう笑っているあたりが如何にも子供らしい。

「約束だよ、にーたん」

「おう約束だ。なんだったら指切りでもするか？」

何年ぶりだろう…と思いながら、伊之助は建と指切りをした。

建は思いっきり腕を上下させ、身体全体で喜びを表現しているかのようだ。さすがに子供だけあって安上がりである。

「よかったね、建くん。全部そろったら私にも見せてね」

「うん！　こんどおねーたんのところにもってくる～」

はりきった様子で言う建と、その様子を苦笑しながら見つめている伊之助に、交互に視線を送りながら霞夜は面白そうに笑った。

「なんだよ？」

「ふふ、なんか本当の兄弟みたいだね」

「俺と建じゃ、年が二十くらい離れてるぞ」

「じゃあ、親子かな」

霞夜はあっさりと恐ろしいことを口にする。

「やめてくれよ、俺そんな年じゃないから」

「えっ、いいと思うんだけどな」

「勘弁してくれよ」

「ふふふ」

本気で困惑する伊之助を見つめて、霞夜は今度は声を上げて笑った。

PART2　友達の輪

「まだ退院は、させられないな」

志摩の言葉に伊之助は愕然《がくぜん》とした。

検査の結果が出ていると聞かされたので、伊之助は志摩の元を訪れている。

なんの自覚症状もなく、どちらかといえば規則正しい生活のおかげで以前よりも元気になっているくらいなのだ。

退院は間違いないと思っていただけに、志摩の言葉はショックと言うより意外であった。

「ちょっ、ちょっと待ってくれよ先生」

「なんだ退院出来るとでも思っていたのか？」

「当たり前だろ！　こんなに元気な入院患者、他にはいないぜ」

「何も分かっていないな、伊之助」

伊之助の言葉に、志摩は大きく頭を振った。

「それは表面的なことだろう。この検査の結果を見る限り、お前の身体は怪しい箇所だらけだ」

「お、俺の身体のどこが悪いんだよ？」

無表情のままカルテを見つめる志摩の言葉に、伊之助は不安を感じた。

元気だと思っているのは自分だけで、実はその身体は知らない内に病魔に侵されているとでも言うのだろうか。

が…。

「私は悪いとは言っていない」

「……なんだよ、それ？」

僅《わず》かに緊張していた伊之助は、訳が分からず眉根《まゆね》を寄せた。どうも志摩の言っているこ
とは要領を得ない。

「だから、疑わしいところだらけなのだ、お前の身体は」

「じゃあ…俺は？」

「再検査だ」

志摩の口から出たのは、伊之助にとって無慈悲で非情な言葉であった。

「え～」

「原因はお前の身体であって、私の都合ではないんだぞ」

「けどさあ…」

「……伊之助、お前は音楽をやってるんだったな」

不意に志摩が神妙な顔をして伊之助を見た。

「ああ、それがあるから早く出たいんだよ」

「音楽が大事なら、なおのこと大人しく検査を受けるんだ」

「どうして？」

「このまま行けば、音楽どころではなくなるような可能性もあると言うことだ」

「…………………」

伊之助は志摩の言葉に何も言えなかった。

音楽どころではない。

それは伊之助にとって致命的とも言える可能性である。

「まあ…確証はない。お前の言うように、なんともない確率の方がずっと高いのだ」

「……分かったよ。検査を続けてくれよ」

音楽を引き合いに出されては、伊之助としては従う他ない。今の伊之助にとって、音楽とは生きる全てなのだ。

この先、自分の身体に不安を感じながら音楽を続けるというのは考えたくなかった。

「よし、それではこの話は終わりだ。戻っていいぞ」

志摩に促されて、伊之助は診察室を後にしたが、どうも後味の悪い検査結果であった。


診察室を出てロビーまできた時、ちょうど病院の玄関から入ってくる女の子と出くわした。先日、売店で建を助けてくれた女の子だ。

…確か郁乃とか言ったよな。

伊之助は反射的に手を上げて、

「よう」

と軽く声をかけてみた。

郁乃は伊之助のことを憶えているような表情を浮かべたが、すぐに顔を背けて、そのまま歩き去って行く。

…やっぱりノーリアクションだ。

二三が言ったように、自分の顔を見つめていた伊之助のことを怒っているようだ。

「あ、あのさ…」

伊之助は走って郁乃を追いつくと、そのまま並んで歩く。

「俺、この前のこと謝ろうと思って…」

別に他意があった訳ではなかったが、見知らぬ女の子を怒らせたままというのは気分の良いものではない。だったら、いっそ謝ってしまった方がいいと思ったのだが…。

「………ないで」

「え？」

「ついてこないで！」

突然、怒鳴られて、伊之助は思わずその場に立ち尽くした。

呆然《ぼうぜん》としたままの伊之助を残し、郁乃はさっさと歩いていってしまう。さすがに、ここまで拒否されてしまうと追いかける気力はなかった。

「また、えらく嫌われたねぇ」

いつの間にか、二三が呆然と立ち尽くす伊之助のそばにいた。

「…二三さん、もしかしてずっと見てたの？」

「ああ、そうだよ、声をかけるところから全部ね」

噂《うわさ》好きの二三に見られたというのは、ある意味最悪かも知れない。

「しかし、無様だったね、まるでへたくそなナンパの様だったよ」

「それ、もしかして、人にしゃべりまくったりするの？」

「もちろん…と言いたいところだけど、あの子は誰にもあんな感じだからねぇ」

「そうなんだ」

それはなんとなく理解出来る。

伊之助がどうのと言うより、郁乃には他人を寄せつけない独特の雰囲気があった。

「あのさ、二三さんは彼女のことをどれだけ知ってるの？」

伊之助が訊《き》くと、二三はふふん…と胸を張った。

「私を誰だと思ってんだい」

「…噂ばばぁ」

「なんか人に言われると嬉《うれ》しくない響きだねぇ。でもまぁ…多少は知ってるよ。あれだけの器量に加えてあのガーゼだろ。その上、病院に毎日来てれば嫌でも目立つさ」

「毎日…？」

「あの子の婆さんがこの病院に入院してるのさ。その見舞いにね」

「見舞いって…毎日来てるの？」

よほど近しい人でないと、さすがに毎日は来ないだろう。それも郁乃ぐらいの年頃の娘が、毎日お婆さんの見舞いというのは珍しい。

「毎日来てるんだよ。それも朝から晩まで面会時間いっぱいにね」

「じゃあ、見舞いって言うよりつき添いじゃん」

「入院している婆さんには、そこまでの必要はないらしいんだけど…」

二三はそこまで言ってから、一端言葉を切って小さくため息をつく。

「…あの子、ここしか来るところがないのさ」

「来るところがない？」

「うん、なんかあの子ね、家でも持て余されているらしいんだ。傷のことで塞《ふさ》ぎ込んでて、家でもああいう態度なんだよ」

「いや、だからって…だいたい、あの傷ってそんなに酷《ひど》いのか？」

「傷はもう治ってるって話だけどね」

「……そうなの？」

…傷が治っているなら、あのガーゼはなんなのだろう？

そんな伊之助の疑問を察したように、二三は言葉を続けた。

「でも、その傷痕《きずあと》がね…結構酷いらしんだ。女の子だから、顔の傷なんて誰にも見せたくないんだろ」

「そうかも知れないけど…」

「それにあの傷…学校で出来たものらしくて、ずっと学校も休んでるみたいだね」

「学校も…」

家にはいられない、学校も行きたくない。それで毎日お婆さんの見舞い…。

「そんなバカな…もっと楽しく生きてていい時期じゃねぇか」

伊之助は感じたことをそのまま口にした。

郁乃の境遇に、行き場のない怒りが伊之助の中でうず巻き始めている。その怒りは、すぐに彼女の境遇をなんとかしたいという思いに変わっていった。

お節介であることは自分でも充分に承知しているが、その思いは抑えることが出来ないほどふくらみ始めていた。

「そう言われても、誰ともまともに話さないからねぇ」

伊之助の言葉に、二三は痛ましげな表情を浮かべた。

誰とも話さない…？

…いや待て、初めて売店で会った時、建とは普通に話していたような気がする。

伊之助はめまぐるしく頭を回転させて、その時のことを出来るだけ詳しく思い出そうとした。

誰とも話さない郁乃が、伊之助も見とれるほどの笑顔を見せた相手。

…そうか、建なら。

「俺、なんとかしてみるよ」

難攻不落の郁乃に対して唯一とも思える突破口を見つけた伊之助は、二三に対してはっきりとそう言い放った。

なんとかしてやりたい…と考えるのは自己満足に過ぎないことは分かっている。だが、伊之助は事情を聞いて放っておけるほど物分かりのいい大人ではないし、何も出来ない子供でもなかった。

「あんたがかい？」

二三は少し驚いた様な顔をして伊之助を見た。

「なんか見てらんねぇだろ、そういうの…」

「意外と熱くなりやすいんだねぇ」

二三は意外という言葉を口にしながらも、最初から伊之助がそう言い出すことが分かっていたかのように、ゆっくりと笑みを浮かべた。

「えーっと三階の三〇三号室…」

昼食後…。

伊之助は病室に遊びにきた建を連れて、二三から訊いた郁乃の祖母の病室を探して、隣の病棟に来ていた。

「ここか…上山《かみやま》トキ。うん、間違いない」

「にーたん？」

理由も分からず見知らぬ病棟に連れてこられた建は、不思議そうに伊之助を見上げた。

「建、この病室を覚えておけ」

「…うん！」

建はまじまじと病室の扉を眺めると、大きく頷《うなず》いた。

「よし、一時撤退だ」

「ふぇ？」

伊之助は建を小脇に抱え、同じフロアの隅にある待合い用のソファーまで移動した。病室まで一直線なので、ここなら建が間違えることもないだろう。

「建はおつかい出来るか？」

「ん～、おつかい？」

伊之助が問うと、建は腕を組み何かを考えているようなポーズを取った。

「そう…この手紙を、この前売店で会ったおねーちゃんに渡してきて欲しいんだ」

そう言って、伊之助は病衣のポケットから白い封筒を取り出した。

直接話すことが出来ない上に、建を介するとなれば手紙という方法以外にはない。そう考えた伊之助は、売店で便箋《びんせん》や封筒を買い込んで慣れない手紙を書いたのだ。

「これ～？」

伊之助が封筒を手渡すと、建はそれを眺めながら首を傾《かし》げた。

「そう、その手紙だ…さっきの部屋は分かるな？」

「うん！」

「よし…任せたぞ、建」

「うん、いってきまーすっ」

建は廊下を小走りに走って行く。

若干、不安は残るが、ここは建に任せるよりない。

伊之助はソファーに座って遠ざかって行く建の後ろ姿を見つめていたが、不意に隣に誰かが座った気配がして振り返った。

見ると、隣りには小学生くらいの女の子が座っている。

「……？」

病院の待合い用ソファーなのだから、誰が座ってもおかしくはないが、空いている場所は他に幾つもあるのだ。わざわざ伊之助の隣に座る必要はない。

「あのさ……」

伊之助が口を開くと、女の子は伊之助の袖《そで》をギュッと握った。

何か用か…と、無粋なことを訊くまでもない。伊之助は思わず苦笑した。どうも、最近は子供に好かれるようになってしまったらしい。

「俺は堤伊之助。…君の名前、教えてくれるかな？」

「……るこ」

女の子は消え入りそうな声で呟《つぶや》く。

「え？　もう一度大きな声で」

「…た、竹内蛍子《たけうちほたるこ》」

「蛍子な…じゃあ、ル子って呼んでもいいかな？」

「…うん」

「ル子は私服だから入院じゃないんだよな？　父さんや母さんは？」

「あとで…迎えにくるの」

「ふ〜ん、じゃあ結構通ってるんだ」

これくらいの歳の女の子が親にもつき添われずにいるということは、何度もこの病院に通っているのだろう。

推測通り、蛍子は伊之助の言葉に小さく頷いた。

「それじゃあ…さっきここにいた坊主、建って言うんだけど、あいつと友達になってやってくれないかな？」

「建…くん？」

「そう、建」

「建くんと友達になったら…お兄ちゃんのところに遊びに行っても…いい？」

蛍子は顔を真っ赤にしながら訊いた。どうやら、それが一番の目的だったようだ。

本当に、なんで最近は子供に縁があるのだろう…と考えながらも、伊之助はもちろん構わないと答える。断る理由などないからだ。

「えへへ」

蛍子は伊之助の答えを聞いて、初めて嬉しそうに笑った。

「でもさ、ル子はどうして急に俺と遊びたいんだ？」

「綺麗《きれい》だったから……あの…髪の毛が…」

蛍子は再び顔を真っ赤に染めて俯《うつむ》くと、小さな声で答えた。

「ああ、これか……」

伊之助は自分のメタリックブルーの髪を引っ張りながら頷いた。確かに病院の中では目立つだろう。

「それに建くんと一緒にいたお兄ちゃんが…優しそうだったから」

「………………」

優しい…か。

そういえば、霞夜にも同じようなことを言われたな。

「あっ…もうすぐお母さんがくるの」

突然、蛍子が思い出したように声を上げた。

「そうか、じゃあ…遊びにくるのを待ってるからな」

「う、うん…えへへ。バイバイ、お兄ちゃん」

蛍子は本当に嬉しそうに笑い、ブンブン手を振りながら立ち去って行った。

まあ…入院中は建と一緒にいることになるのだろうから、この際可愛い妹が一人増えたと思えば大した問題ではない。

それに、建に友達を増やしてやれるのはいいことだ。

伊之助はのんびりとそう思いながら、その建が戻ってくるのを待った。

上山郁乃さま

俺、堤伊之助っていいます。

ロビーで声をかけた青い頭の男です。

まだ建…あっ、建はこの手紙を持っていった坊主です。建のこの前のお礼もまだだし、俺も怒らせるようなことをして、まだ許してもらっていなくて…そんな状態が嫌で一筆執りました。

でも、どうしたら許してくれるのか俺には分かりません。

何をしたら、俺と口を聞いてくれるのかな？

俺、出来れば君と友達になりたいって、思ってるんだけど無理な話ですか？

これからロビーで待ってます。

君が来てくれるまで、許してくれるまで待ってます。


…と、いうのが建に持たせた手紙の内容。

そんな訳で、伊之助はロビーのソファーに座ったまま何をするでもなく、ぼうっと郁乃が姿を現すのを待ち続けていた。

無事に大任を果たし、報酬のガムを手にした建は、伊之助の隣で寝息を立てている。本当は置いてきたかったのだが、まだ遊ぶとごねられたので、仕方なく同行してきたのだ。

ちなみにガムのおまけは、また被《かぶ》ってしまい、残りは二つのままであった。

「しかし…こいつ、よく寝てんなぁ」

ロビーに来て、しばらくテレビで放映していたアニメを見ていたが、終わると同時に寝てしまい、そろそろ二時間近く経《た》つ。

伊之助がプニプニの頬《ほお》を軽く突いてやると、

「う〜、やぁ〜あっ……」

建は嫌そうな声を上げた。眠たいから邪魔をするなというところだろう。

人が少なくなってロビーの気温が少し下がったのか、隣の建がブルッと震え、伊之助の腕を抱えるようにして引っ張った。冷えてきたので、何かで身体を温めようとしているのだろう。

ふと時計を見ると、そろそろ面会時間も終わりだ。

だが、郁乃が出てくる気配はない。

許してくれるまで待っている…と手紙に書いた以上、ここを離れる訳にはいかなかったが、建をこのままに放っておくことも出来ないし…。

伊之助がそう考えた時、郁乃がロビーに姿を現した。

「あ…」

思わず立ち上がりかけたが、腕には建が張りついている。どうしようかと迷っている間に、郁乃はチラリと伊之助の方を見て……立ち去ってしまった。

「………………」

一人なら何時まででも待っているつもりだったが、こうなってはやむを得ない。

「ほら、建…。病室に戻るぞ」

「ふにゃ？」

「ふにゃでなくて…」

「くー………」

……ダメか。

伊之助は建を一度椅子《いす》に座らせ、クタクタになった身体をなんとか背中に乗せた。

とりあえず建を病室に帰し、改めてロビーに戻ってこようと思ったのだが……。

「うそつき」

「えっ？」

建の病棟に向かおうとした途端、背後から声が聞こえた。

振り返った先には…郁乃がいた。

「待ってるって書いてあったのに…」

「…そうだけど、事情とか聞く気はないですか？」

事情も何も一目瞭然《りょうぜん》のはずなのだが、郁乃はそっぽを向いて、聞いてあげない…とつれない返事を返した。

「でも……」

せめて話だけでも…と、なんとか郁乃を引き止めようとした伊之助が背後で、

「……おしっこ」

建が恐ろしいことを言い出した。

「えっ？」

「おしっこ、したい」

寝冷えしたのだろうか…建はすでに我慢の限界という感じで、伊之助の背中でプルプルと震えている。

「うわっ、建！　我慢出来るか？」

「う～、分かんない」

「こっち急いでっ」

突然、郁乃が伊之助の手を取った。

その柔らかい手の感触に伊之助は一瞬だけ緊迫した事態を忘れたが、建の魂の叫びのような「おしっこーっ」の声に、慌てて郁乃の後につき従って走った。

一番近くにあったトイレに到着して建を背中から下ろす。

「建、一人で出来るか？」

「うん!!」

建は便器のところまで走っていくと、その場でパジャマとパンツを一緒に足首まで下げ、用を足し始める。伊之助はその様子を確認してからトイレの外に出た。

そこには郁乃が待っていた。

「ありがとう、助かったよ」

「……うん」

郁乃は伊之助に顔を背けたまま、そう答える。

「一応、来てくれたことになるのかな？」

「私は行ったけど、あなたは帰ろうとしてた」

「言い訳しない。…でも、とりあえずこの前のこと謝っておくよ。悪気はなかったんだ」

「……………………」

「それと、せめて建とは仲よくしてやってくれないか？　あいつ、ほとんどここから出られないから……」

郁乃は伊之助の言葉を聞きながらもしばらく無言でいたが…。

「………面会時間、終わってるから」

やがて、顔を背けたまま小さな声で呟いた。

…やはりダメか。

どちらにせよ、これ以上ここに引き止める訳にはいかない。

そうか…と、伊之助が諦《あきら》めの心境で頷いた時。

「…明日、改めて建くんに紹介してくれる？」

郁乃は初めて伊之助の方に顔を向けて口を開いた。

「え……？」

「私、まだ建くんに名前も教えてないから…」

咄嗟《とっさ》に郁乃の言葉が何を意味しているのかを理解しかねて、伊之助は間の抜けた顔をしたが、やがてそれが遠回しな和解の意思表示であることを知った。

「も、もちろんだ」

伊之助はガクガクと何度も頷いた。その滑稽《こっけい》な様子を見て、郁乃は初めて伊之助の前で笑顔を見せた。


数日後の午後…。

いつものように昼食後の暇な時間を持てあましていた伊之助の元に、やはりいつものように建が飛び込んできた。

「にーたーん」

「よう、建」

伊之助はベッドの上から降りると、また売店に寄ってから霞夜の病室でいいか…と、建と遊ぶ時のお決まりのパターンを頭の中に思い浮かべる。

なんだかんだと言いながら、建は伊之助の病院生活の中で重要な相棒になりつつあった。

だが、建の様子はいつもと違い、何やら血相を変えて伊之助を促す。

「にーたん、早く」

「どうした建？」

「はーやーくっ」

理由を訊いても、建は伊之助の腕を引っ張りながら、早くとしか答えない。何かあったのだろうか…と考えながらも、伊之助は建に手を引かれるままに病室を後にした。

建が伊之助を強引に連れてきたのは病院のロビーだ。

…ここで何があるんだろう。

伊之助が問う前に、建はロビーにあるテレビのチャンネルをおもむろに変えた。

ニュースを放映していた画面が変わり、いきなり伊之助と同じ年くらいの体操のお兄さんが現れる。どうやら子供向けに踊りや体操を教える番組らしい。

建はその奇妙な踊りを覚えようとしているのか、中腰のまま両手をブラブラさせて、体操のお兄さんの真似《まね》をしていたが、どうやら完全には覚えていないらしい。

　十分程度の短い番組が終わると、建はいきなり伊之助の方を振り向いた。

「にーたん、この後はー？」

「え？」

「こーのーあーとっ」

　どうやら伊之助が連れてこられたのは、この奇妙な踊りを教えるためらしい。

「いや…この後と言われてもだな」

　伊之助とて一度見ただけでは覚えられるはずもないし、何よりこの人の多いロビーであの奇妙な踊りをする勇気はなかった。

「教えてあげればいいじゃない」

　背後からの声に振り返ると、そこには郁乃と蛍子がいた。

　あれから…約束通り改めて建に郁乃を紹介した後、これまた約束通りに遊びに来るようになった蛍子を巻き込んで、建や伊之助を中心とした友達の輪は次第に大きくなり始めていた。無論、霞夜もその中に入っている。

「ミュージシャンなんでしょ？　そのくらいの体操は得意なんじゃない？」

「…音楽と体操を一緒にするな」

　郁乃の言葉に伊之助は思わず唇を尖《とが》らせた。アレと一緒にはして欲しくない…。

「別にこの場合は、体操のおねーさんでも問題ないと思うけど？」

「えっ、私は…ホラ、スカートだし…」

伊之助に話を振られて、郁乃は狼狽《うろた》えるように首を振る。

一生懸命に奇妙な踊りを続けていた建が、ようやく郁乃達の存在に気づいて駆け寄ってきた。

「郁乃おねーたんっ！」

「郁乃さん、ご指名でーす」

「そ、そんな…私は体操なんて…」

困り果て、後ずさりを始めた郁乃を見て、代わりに蛍子が進み出た。

「お兄ちゃん、私が建くんにつき合うよ」

「え…でも、ル子はあんなの踊れるのか？」

「あれとはちょっと違うけど…おいで、建くん」

「うん、ル子おねーたん」

邪魔になるから…とロビーの隅に移動した蛍子の後を、建が嬉しそうについて行く。その様子を見ながら、伊之助と郁乃はホッと胸を撫で下ろした。

「助かったな郁乃」

「お互い様でしょ、伊之助さん」

「でも…ル子は何を教えるつもりなんだろう？」

あの体操のお兄さんがやっていた踊りは、床を転げ回るような激しい動きだ。あれをそのまま教えられても、それはそれで困ったことになるかも知れない。

「あ、始めるみたいよ」

郁乃の声に、伊之助は建と蛍子の方を見た。

まず見ててね…と、建に声をかけ、蛍子は器用にストリートっぽいダンスを踊り始めた。

あまり複雑な動きではないが、かなり上手に踊っている。

「へえ…蛍子ちゃん、あんなことが出来るのね」

「俺も初めて知った…」

伊之助達は感嘆の声を上げた。

蛍子は一通り踊って見せた後、ゆっくりステップを踏みながら、一つずつ建に踊り方を教えていく。教え方も丁寧でしっかりしたものだ。

「おーい、ル子」

「何、お兄ちゃん？」

伊之助が呼ぶと、ル子は建に教えるのを一時中断して駆け寄ってくる。

「ル子はどこかでダンスとか習ってたりするのか？」

「ううん、うちのお兄ちゃんが教えてくれるの。ヘタで自分では踊れないんだけど、踊り

方だけは教えてくれるんだ」

つまり…ル子は直接習った訳ではなくて、お兄さんが頭の中で覚えたステップを口で教えられただけらしい。それで踊れるのだからたいしたものだ。

「ル子ちゃん…すごいんだね」

話を聞いて、郁乃も感心したように言った。

「ううん、そんな…」

「いや、充分に自慢していいぞ、ル子」

伊之助が頭を軽く撫でてやると、蛍子は耳まで赤くして黙りこんでしまった。

「ル子おねーたん、これからどうするの－？」

「あ、ごめんね、建くん…え～とね、ここからは……」

踊りかけの姿勢でずっと固まっていた建が待ちかねて声を上げると、蛍子は申し訳なさそうに建のところに駆け寄り、続きを教え始めた。

自ら踊りを覚えたいと言い出すだけあって、建はかなり熱心だ。それに蛍子のダンスの方が体操のお兄さんの踊りよりも刺激的だったらしく、見ていた伊之助達が飽きるほど踊り続けた。

「建の奴、頑張ってんなぁ」

「うん、なんかちょっと様になってきたしね」

伊之助達の目から見てもそれなりに格好がつくようになり始めた時、建は突然踊りをやめてある方向を見つめた。

「ん…？」

つられるようにして全員がその方向を見る。建の視線の先にいたのは、ちょうど病院の玄関からロビーに入ってきた一人の女性であった。

「ママーッ！」

そう叫ぶと、建は一直線に駆け出して行ってその女性に飛びついた。

初めて見たが、どうやら建の母親らしい。お母さんと呼ぶのも躊躇《とまど》われるほど、若くて綺麗な女性だ。ママと呼ばれた女性は飛びついてきた建の頭を撫でると、伊之助に向かって軽く頭を下げた。

「こんにちは。あなたが堤さん…ですよね？」

「あ、はい」

「はじめまして。私、建の母で藤倉誠美《まさみ》といいます。い

つも建がお世話になっている方とお聞きしていますが…」

「聞いていた？」

「はい、建から。…詳しいことは、下小路さんが教えてくれたんですよ」

「二三さん…ですか」

…あの婆さんは、この病院ではやはり侮れない存在らしいな。

病院中に情報網を張り巡らせ、ほとんどの関係者と知り合いなのでは…と思うほどだ。

「建…ご迷惑をおかけしていませんか？」

「いえ、そんなことないですよ。それに、もし建が迷惑かけても、ここにいる奴は気にしませんせん。…っていうか気にさせません」

「そういう訳には…」

と言いかけ、誠美は伊之助の言葉の意味に気づいて郁乃達を見回した。

「あの、みなさんも建…と？」

「そうですよ」

「あ…私、上山郁乃です。私も建くんの友達なんです」

伊之助が肘《ひじ》で突くと、隣にいた郁乃が慌てて挨拶《あいさつ》した。

「この子は…ほら、自己紹介」

「た、竹内蛍子です」

「みんな建の友達ですから、気にされてもお互い疲れるだけじゃないですか」

伊之助の言葉に、誠美はその場にいる郁乃や蛍子の顔を眺め、改めて頭を下げた。

「みなさん、建をよろしくお願いします」

伊之助はなぜか、この病院の中で出来たこの小さな繋《つな》がりが嬉しくて、気づくと顔がほころんでいた。こんな場所でも、友達の輪は広げていくことが出来るのだ。

「ママー、ジュース飲みたいっ」

急に建が声を上げる。ずっと踊っていたために、のどが渇いたのだろう。

「そうね、みなさんもいかがですか？」

「あっ、でも…」

「遠慮はなしです。じゃあ…蛍子ちゃんでしたっけ？　建と一緒に売店まで行ってもらえますか？」

「はい」

誠美から小銭を受け取ると、建と蛍子は手をつないで売店へと走って行った。

その後ろ姿を見ていた伊之助は、ふと思い立って以前から気になっていたことを誠美に訊いてみた。

「あの、ところで建ってなんで入院してるんですか？」

建を見ている限り、伊之助と同様にどこも悪いようには見えなかったのだ。

だが、誠美は伊之助の質問に表情を曇らせた。

「…建は心臓が弱いんです」

「心臓…？　…だって建、あんなに元気じゃないですか」

「生まれた時からあまり良くなかったんです。それで…建は自分の中の限界を知っているみたいなんです。今のところ普通に生活する分には支障ないんですけど、少しでも限界以上に負担がかかると…」

誠美はそこまで言って言葉を詰まらせた。

伊之助は、建があの小さな身体にそんなに大きな制限を抱えているなんて、考えもしなかった。

建とのつき合いは短いが、今となってはとても他人事とは思えない心境になっている。

だが、誠美から建の身体について訊かされても、伊之助にはどうしてやることも出来ない。

伊之助に出来ること…。

それは今まで通り、建といつも通りに遊んでやることしかないのだ。

PART3

bite on the bullet

「ギターを弾いてたの…堤くんだったんですか」

病室に遊びに来ていた蛍子を相手にギターを弾いていると、病室に入ってきた杏菜が驚いたような表情を浮かべて伊之助を見た。

「杏菜か…」

「びっくりしちゃった。堤くんが音楽をやっている人だなんて…」

そう言って、杏菜は珍しそうに伊之助が持っているギターを眺めた。

「だって俺、インディーズのバンドやってるし」

「初耳です」

「入院初日からギター持ってただろ？　それに毎日少しずつでも練習はしてるし…」

「そうなんですか？」

同室の入院患者に迷惑をかけないように…と、伊之助は誰もいない時間に、出来るだけ音を絞って弾いている。けど、その音は確実に外にも漏れているはずだ。

現に愛や他の看護婦はとっくに承知しているし、第一伊之助の青い頭を見たら、普通は音楽をやっているのでは…と想像しないだろうか？

おそらく…このフロアの看護婦で今まで知らなかったのは、杏菜だけに違いない。

「でも、あまり音を立てるのは困ります。今も隣の部屋の患者さんから苦情が来て、様子を見にきたところだったんです」

「そうか…悪い」

杏菜の看護婦としての言葉に、伊之助は素直に頭を下げた。気をつけていたつもりだったが、どうしても他の部屋まで響いてしまうらしい。

「私が…お兄ちゃんに頼んだんです」

蛍子が申し訳なさそうに言った。

確かに弾き始めたきっかけは、病室を訪れた蛍子がベッド脇に置いてあったギターを見つけ、弾いて欲しいと伊之助にせがんだのだ。今回は蛍子が聴いていたので、調子に乗って少し大きな音で弾いていたから、苦情が来てもやむを得ないところだろう。

「ゴメンね。小さな音なら大丈夫だと思うから」

杏菜はそう言うと、苦情を言ってきた患者へ報告するためか、慌ただしく部屋を出ていった。どうやら杏菜の口振りからすると、以前から迷惑に思われていたようだ。

「お兄ちゃん…怒られちゃったね」

「気にするな、ル子。気づかなかった俺が悪い」

「でも…」

「だったら、屋上で弾くのはどうですか？」

いつの間にか、杏菜と入れ替わるようにして霞夜が病室の入り口に立っていた。

「あ、霞夜お姉ちゃん。こんにちは」

「どうした霞夜、こんなところに？」

「今日は体調が良かったからお散歩。伊之助さんにギターを弾いてもらおうと思ってきたんだけど…」

どうやら今の杏菜とのやりとりを聞いていたらしい。

「屋上か…確かに、あそこなら思いっきり弾けるんだけど」

今の季節の屋上は、寒いのではないだろうか？

霞夜の病気は確か温度差によって発作を起こす…と志摩が言っていたような気がする。

「私は大丈夫です。今日は比較的あたたかい日ですし」

伊之助の考えを察したように、霞夜は笑みを浮かべた。

…まあ、本人が言うならいいか。

あの時と違って一応病院の中なのだから、万が一の時もすぐに看てもらえるはずだ。

「またギター弾くけど、退屈じゃないか、ル子？」

「私、お兄ちゃんのギター好きだから…」

「よし、じゃあ行きますか」

伊之助はギターを手にしたまま立ち上がった。

「にーたー………あっ、ル子おねーたーんっ!!」

廊下に出ると、ちょうど建が伊之助の病室に向かって走ってくるところだった。

いつものように伊之助と遊ぶつもりだったのだろうが、その隣にいた蛍子の姿を見た瞬間、伊之助の存在はおまけになり果ててしまったらしい。

「こんにちは、建く……」

「ル子おねーたんっ!!」

建は声をかけた霞夜を思いっきり無視して、蛍子の元へ駆け寄っていく。

「あの…私の立場は？」

「仕方ないね、建にはル子しか見えてないから」

少しすねた様に言う霞夜に、伊之助は苦笑しながら答えた。

「建くんはル子ちゃんが好きなんだ」

「ああ、この前にル子にダンスを教えてもらってからかな？　あいつ、俺がル子の隣に座るのも許さないんだぜ」

「ダンス？」

「そうか…霞夜は知らなかったんだよな。おい、建」

「なーにー？」

「霞夜にダンスを見せてやってくれるか？」

「うん、踊る〜っ!!」

ダンス…という言葉に、建はパッと顔を輝かせた。よほど気に入ったらしい。

もっとも、気に入ったのはダンスだけではなく、その先生も込みなのだろうが…。

「よし、だったら一緒に屋上に行こう」

「早くいこーっ!!」

建はル子の手を取ると、引きずるように駆け出して行く。

「建くん…積極的だね」

「建は好きなものに妥協を許さないからな」

「……あれって、ちょっといいよね」

霞夜は少し甘えたような声で言うと、そっと手のひらを伊之助に向けた。

「……?」

「私も…繋《つな》いでいい？」

「え…そりゃ構わないけど」

伊之助がそう答えたものの、霞夜は無言で立ち尽くしたままを繋いでこようとしない。

仕方なく、手を伸ばして霞夜の白く細い手を握った。

「…ありがとう」

頬《ほお》を朱に染め、霞夜は小さな声で囁《ささや》いた。

なんだか、くすぐったくなるような気分だった。

伊之助と霞夜が屋上に上がると、すでに建がル子の前で教えてもらったダンスのおさらいをしていた。

「どうですか建は？　ル子先生」

「私、先生なんて…」

「ル子が建に教えて上げてるんだから、先生でいいんだよ」

「ル子せんせーっ」

建が蛍子を呼びながら踊り続けている。蛍子に比べればどこかぎこちなく感じるが、しっかりとした形になっていた。

「建くん、すご～い」

初めて建のダンスを見た霞夜が、思わずという感じで感嘆の声を上げた。確かにこの前よりは数段に進歩している。

「建、あれからずっと練習してたのか？」

「うん、練習してたーっ」

「よし…じゃあ、今日は俺が曲を提供してやる。ル子、新しく建に教えることになるけどいいかな？」

「うん、だったら私、お兄ちゃんがさっき最初に弾いていた曲が好き」

…最初に弾いてた曲か。

それは伊之助が今のバンド…『ｂｕｌｌｅｔ』を組んだばかりの頃に作った曲で、これが完成した時、上を目指すと決めた思い出の曲だった。

「ＯＫ…それで行こう。すぐ始めていいのか？」

「うん、じゃ、建くん。最初に私が踊るから、どういう流れか見て覚えてね」

「うんっ」

「それじゃ、そこのベンチの辺りでやろう。霞夜も座ってた方がいいだろ」

「あっ、そうですね」

霞夜をベンチに座らせ、その隣に腰を降ろし足を組む。

「それじゃ、始めるぞ」

伊之助は霞夜と建の見守る中、蛍子が選んだ曲『ｂｉｔｅ ｏｎ ｔｈｅ ｂｕｌｌｅｔ』を演奏した。曲に合わせて蛍子が軽やかに踊り始める。

その姿を見つめながら、伊之助はさっき病室で蛍子と交わした会話を思い出していた。

「そういやル子、今日は検査の日だったのか？」

「ううん、今日は学校が開校記念日で休みだったの。それで、お兄ちゃんのお見舞いに行こうと思って…」

「そうか、ありがとうな。ル子」

「えへへ」

伊之助が軽くル子の頭を撫でてやると、ル子は嬉《うれ》しそうに微笑《ほほえ》んだ。

「楽しいか学校？」

伊之助の何気ない質問に、ル子は突然表情を曇らせた。

「私…身体が弱くて学校休むことが多いし、病院にも通ってるから…あんまり楽しくない」

「ル子、それはまさか…」

「あ、いじめじゃないよ。ただ、友達が少ないだけ…」

「……そうか」

伊之助はそう頷《うなず》いたが、心中では危険な状態だな…と危ぶんでいた。

学校という場において友達が少なく一人でいることが多いというのは、かなり問題だろう。蛍子は身体が強くないのに、頼れる友達が少ないというのは…。

「そういえば、俺もそんな感じだったな」

ふと昔の自分が頭をよぎった。なんの自己表現の手段も持たずに、集団の中で孤立してしていた自分が…。

「お兄ちゃんも？　だけど全然そんなふうに見えないよ」

「子供の頃はともかく、今は自分に自信を持ってるからな」

「自信？」

そう自信だ…と、伊之助は呟《つぶや》いた。

音楽が伊之助の自己表現の手段で、そして唯一の自信とも言えるもの。

内向的でろくな友達も作れなかった伊之助が、信頼出来る仲間を見つけられたのも音楽を始めたおかげだし、ずいぶん社交的にもなれたと思う。

音楽が伊之助を変えたのだ。

「ル子は…自分には何もないと思ってんだろ？」

「…私は身体も弱いし、あんまり学校にも行ってないから頭も良くないし」

伊之助がカマをかけると、ル子は自分の弱い部分を話し始めた。

「でも、俺はル子のいいとこ知ってるぜ。面倒見《めんどうみ》はいいし、ダンスも出来るし、何より笑顔が可愛い」

「お兄ちゃん…」

「いいか、ル子。例えばかわいく笑えるだけで、友達って出来るんだ」

「…………」

「それに踊れるのも才能だと思うぜ。…だから、自信持ってもいいぞ」

「そうしたら、お兄ちゃんみたいになれるの？」

「ル子なら俺なんかメじゃないね。保証するよ」

「でも、どうしたらいいの？」

「話しかけてみな、誰にでもいいからさ…例えば、最初に俺に会った時みたいに」


拙《つたな》い自分の言葉で、本当に蛍子が分かってくれるのかどうか自信はなかった。だが、これ以上は伊之助が何かをしてやれる領域ではないのだ。

答えは蛍子自身が見つけなければならない。

ただ…今、蛍子が踊っているこの曲は、前向きな気持ちを歌にしたものだ。曲しか聞かせていなかったのに、蛍子がそれを無意識に選んだというのはいいことなのかも知れない。

「伊之助さん、良かったよ」

「ああ、ありがとう」

曲が終わり、それを聞いた霞夜がそう感想を言ってくれた。

蛍子はといえば、すでに建に捕まって今回のポイントを教え始めている。

「建くん、今みたいな感じだけど…どうかな？」

「う〜、ここから、こう？」

伊之助はル子が建に流れを教えている間、同じ曲を何度も繰り返した。建が分からなければ一度止めて、覚えたらその手前から弾きなおしてを繰り返す。それを最初から最後まで一通り流した。

「だいたい、覚えたな」

「建くん、真剣に練習してたから、きっと踊れるよね」

「うん、踊れるよーっ!!」

「じゃあ、最初から行くぞ。『bite on the bullet』」

曲のタイトルを口にして、伊之助はさっきと同じように演奏を始める。

ただひとつ違うのは…。

疲れ果てた一日の終わりに
やっと見つけた瞬間を
たった一人だけの君と過ごしたいよ
落ち込んだ君の悩んだ顔
ちょっとそんなの耐えられないから
もっとおおらかに生きていこうよ

どうしてそんなに震えているの
君は一人じゃないのに
ずっとうつむいているから
涙もこぼれるのさ

傷ついた君に会おう　だから
一人でふさいでいるのは　やめよう
こんな意味のない夜を
このままほうっておくのは
これっきりにして

「…伊之助さん」

「お兄ちゃん…」

建は覚えたばかりのダンスを踊っていたが、霞夜と蛍子は目を丸くして、突然歌い出した伊之助を見つめていた。

前向きなこの曲を、病気と闘っている霞夜と建に…。

これから自分を変えていかなければならない蛍子に…。

そして、足留めを喰ってしまった『ｂｕｌｌｅｔ』に…。

伊之助は心を込め、腹のそこから歌った。

この状況に…今の自分に負けないように。

そして、幸せになれるように…。


演奏が終わると同時に、パンパンと拍手が聞こえてきた。

霞夜達ではなく、どうやら屋上の入り口辺りから聞こえてくる。振り返ると、そこには興奮したように手を叩《たた》いている郁乃の姿があった。

「伊之助さん…すごい。初めて聴いたけど、やっぱり『ｂｕｌｌｅｔ』のボーカルだけのことはあるよね」

詳しいわけではなかったが、郁乃はインディーズのバンドである伊之助達の『ｂｕｌｌｅｔ』について知っていたようだ。

正面から…それも郁乃から賛辞の言葉を聞かされると、なんとなく照れてしまう。

「郁乃…良くここにいるのが分かったな？」

「あ、うん、あっちこっち探したのよ。伊之助さんのお客さんを連れてきたから」

「客…？」

伊之助が首を傾《かし》げると同時に、郁乃の背後から二人の人物が顔を出した。

「こんな場所でコンサートだなんて…本当に伊之助は贅沢《ぜいたく》だよ」

「そうだね、伊之助はいつもそうだったからな」

郁乃に案内されてきたのは『bullet』のメンバーで、ベースの仲嶋紅葉《なかじまもみじ》と、ドラムの楢三千年《ならみちとし》であった。

「よう、久しぶりだな」

伊之助が声をかけると、二人はベンチのそばまでやってきた。

「…にーたん、この人達は？」

その場にいた者を代表するように建が訊《き》いた。

「ああ、こいつらは…」

伊之助が二人を建に紹介しようとすると、おもむろに紅葉が建の前にしゃがみ、目線を合わせて口を開いた。

「私は紅葉だよ、よろしくね」

「あうっ、う〜〜〜〜」

紅葉は自己紹介しながら、建の頬を摘み左右に引っ張っている。

「…紅葉、何してんだよ？」

「いや、かわいいなぁって」

子供や可愛い小動物を見ると、苛《いじ》めるような愛情表現をする者がいるが、紅葉もどうやらそんな癖があるらしい。

「放してあげなよ」

見かねた三千年が言うと、紅葉は名残惜しそうに建の頬から手を離した。建は途端にその場から逃げ出して伊之助の背中に隠れる。

「ありゃ、嫌われちゃった」

「当たり前だ」

紅葉の妙な癖につき合わなければならない義務は、建にはないのだ。

「伊之助、この子は？」

「ここでの俺の相棒…建だ」

三千年に問われて、伊之助は建を初めとして霞夜や蛍子を紹介する。どうやら郁乃だけは、ここに来るまでに自己紹介が済んでいるらしい。

「でな…建。さっきの嫌なお姉ちゃんが紅葉で、こっちのお兄ちゃんが…」

そこまで言って、伊之助はふとあることを思いた。

「こっちのおにーたんが？」

「さんぜんねんだ」

「…さんぜんえん？」

ゴッッ！

冗談のつもりでデタラメな呼び方を教えたのだが、あまりにもいいタイミングで建がボケたために三千年の怒りをかってしまったらしい。

いきなり、げんこつで殴られてしまった。

「入院中の俺を殴るか、普通？」

「くだらん名前ネタを振るからだっ」

三千年は冗談が通じにくい男ではあるが、名前のことになると普段よりもむきになる。

どうやら彼なりに名前のことを気にしているらしい。

「で、今日は殊勝にも俺の見舞いか？」

「まあ、それもあるけど、クリスマスライブのことだよ」

話を変えようとして伊之助が問うと、三千年はまじめな顔をして答えた。

「そうか…もうそんな時期か」

クリスマスライブというのは『ｂｕｌｌｅｔ』が毎年恒例で行っているライブで、文字通りイブに行う特別なイベントだ。

「それまでには退院出来そうか？」

「多分、無理だ」

伊之助は大きく首を振った。

志摩の話だと検査はまだしばらく続くらしい。許可をもらえば外出させてくれるとは言っていたが、さすがにライブをやらせてくれと言っても承知してもらえないだろう。

「そうか…今年は中止にするか」

三千年がため息をつきながら言った。

毎年、かなり盛り上がるライブだけに中止するのは伊之助としても残念だったのだが、これればかりはどうしようもない。

「クリスマス～？」

黙って話を聞いていた建が、不思議そうな顔で伊之助を見た。

物心ついた時から入院を繰り返していたという建は、一般の子供のようにクリスマスにはずっと縁がなかったのだろう。

「クリスマスっていうのは…だな。え～と、みんなで集まってケーキ喰ったりする日だ」

「…伊之助さん、偏ってる」

曖昧《あいまい》な伊之助の説明に、霞夜が突っ込みを入れた。

「子供への説明は、この程度でいいんだって」

宗教的なことを言っても仕方ないし、大人ですら本来の意味を取り違えている者は大勢いるのだ。

クリスマスは日本中が浮かれるお祭り行事。…それだけで十分である。

「ケーキィ～ッ！」

「…ほら、もう建は本質を理解しているぞ」

建はケーキを食べると聞いただけで、もうすでにクリスマス気分になっていた。

「でも…サンタさんくらい教えて上げても良くないですか？」

「ああ、それもそうだな」

クリスマスにおけるサンタクロースの存在というのは、ケーキと並んで、子供にとって重要な要素の一つである。

「いいか…建。クリスマスには、良い子に特典があるんだ」

「ふぇ…？」

「クリスマスの夜にはサンタクロースって赤い服を着た髭《ひげ》親父が、寝ている子供のところにやって来るんだ」

「サンタクロ～ス？」

「ああ、そうだ。サンタは良い子にしてたと思う子供の靴下に、プレゼントを…欲しいものを入れてくれるんだよ」

「ほんとっ、にーたんっ‼」

建はプレゼントと聞いて、途端に目を輝かせた。

最近は夢のない子供が増え、サンタの肩代わりをするのが親であるという現実を知っているのが当たり前になりつつある。

だが伊之助は、建が見せた純粋な笑顔の方が好きだった。

「ああ、本当だぞ。でも…サンタは悪い子だったり、夜更かしする子供のところにはこないんだ。後…ズルして寝たふりするのもダメだったかな」

「うぅ…にーたん、ボクいい子にする～」

建が殊勝な態度で言った。

…なるほど、こうやって、子供のしつけにクリスマスを利用していたのか。

親達の真意がどこにあったのか、今更のように理解することが出来た。

「でも、クリスマスパーティはいいですよね」

「そうね…なんか特別な感じがするわよね」

うっとりとした表情で言う霞夜に、郁乃も相槌《あいづち》を打つ。

確かにライブに出られない以上、せめてパーティだけでもしたい気分ではあったが、残念ながらここは病院である。

「場所があれば別なんだろうけどな…」

ここでパーティの行えそうな場所といえば、真っ先に思いつくのが談話室だ。だが、あそこを使わせて欲しいと言っても、他の患者の手前まず許可は下りないだろう。

「あっ…だったら、私の部屋でやりませんか？」

霞夜は思いついたように、パンと手を叩いた。

「でも…いいのか、霞夜？」

「はい、私もクリスマスパーティしたいですし…」

霞夜の部屋は伊之助達と違って一人部屋の上に、左右の部屋に入院している患者はいなかった。確かに、度を超えて騒がなければ他に迷惑をかけることはないだろう。

「クリスマス～ッ!!」

話を聞いていた建は、すでにやる気満々だ。

「じゃあ、私も参加したい」

と、郁乃や蛍子が話に乗ってきた。

この様子では愛や杏菜に話をすれば、彼女達も参加するかも知れない。

伊之助自身も徐々にやる気になってきた。

建はもちろん、霞夜もこんなイベントに参加する機会はほとんどなかったに違いない。

そう思うと、是が非でもパーティを行いたいと思うようになった。

「よし…ハデにいこう。酒も入れられないけど、それはそれだ。霞夜の部屋をクリスマスらしく飾って…」

色々と思案を巡らせていた伊之助を、呆《あき》れたように三千年達が見つめていた。

「ライブを中止する羽目になった俺達も、少しは気にして欲しいよな」

「ほんと…伊之助は贅沢だよ」

紅葉がポツリと漏らした言葉は、すでに伊之助の耳には届いていなかった。


クリスマス当日…。

誘ったにもかかわらず当直で来れなくなった志摩を除き、愛や杏菜、誠美など新たに声をかけた全員が、クリスマスらしく飾りつけられた霞夜の病室に集合した。

クリスマスパーティと言うにはささやかではあったが、定番のケーキは建の母親である誠美が用意してくれた。

「けーきー」

建は目の前に登場したケーキに目を奪われてしまっていたが、こういう日には雰囲気というものが必要だ。

「建、クリスマスにはケーキ食べる前にすることあるんだ」

「ふえ？」

「ほら、クリスマスにつきものの……ル子は分かるか？」

「えっと……歌？」

蛍子は少し考えてから、そう答えた。

「そうだ。ル子は歌えるか？」

「うん、一緒に歌おう。お兄ちゃん」

伊之助は誠美に頼んで、ケーキに蝋燭《ろうそく》を立ててもらい部屋の明かりを消した。暗い病室内をケーキの蝋燭とツリーの灯りだけが照らす。これだけで、急に厳かな感じになるものだ。

伊之助は持ってきたギターを抱えると、蛍子に合図してクリスマス定番の『きよしこの夜』を歌い始めた。建の年齢なんかを考えると、単なるお祭り騒ぎのクリスマスで終わるより、それらしい雰囲気を味合わせたほうがいいような気がしたのだ。

伊之助に合わせて、割といい声でついてくる蛍子。

それに合わせ、徐々に他のみんなの声も上がる。その歌声は厳かで、伊之助達はクリスチャンでもないに神聖な気持ちにさせられた。

それは、きっと幼い建の中にもいい思い出として残っていくのだろう。

…とはいえ、もはや本来の意味を忘れて年末のイベントと化しているクリスマスだ。後はただの宴会になる。

残念ながら病院内では酒を飲むことが出来ないので、ひたすら食べるだけの宴会なのだが、それなりに盛り上がっていた。

「ママーッ、ケーキーッ!!」

「はい、どうぞ、建」

誠美が切り分けてくれたケーキを手にすると、建はそれを自分では食べずに蛍子に差し出した。

「はい、ル子おねーたんっ！」

「私に？　建くんが先に食べていいよ」

「メーッ、おねーたんが先なのーっ」

「ル子ちゃん、建くんはル子ちゃんに最初に食べてもらいたいんだよ」

郁乃が笑いながら蛍子に説明した。

建が大の蛍子びいきだということは、すでに周知の事実となりつつある。

「あ、ありがとう…建くん」

「へへ～、一緒に食べよう」

建は新たに誠美からもらったケーキを手に、蛍子の横に座って幸せそうに食べ始めた。

それだけで、すっかりパーティを満喫している様子だ。

「建くん、幸せそう」

「本当、病院のご飯もこれくらい幸せそうに食べてくれればいいんだけど」

霞夜の言葉に、誠美がため息をついて建を見つめる。

「まあ…確かに病院のメシは薄味で味気ないしなぁ…」

「だからと言って、建くんは病院を脱走しておでんを食べに行ったりしないからね」

「うぐっ…」

伊之助が感想を漏らすと、愛がジロッと睨《にら》んで突っ込みを入れた。

「本当、堤くんの方が手がかかりますしね」

「…………………」

杏菜がさりげない口調で伊之助にとどめを刺す。

この件に関しては、ぐうの音も出ない伊之助であった。

「ま、まあ…河村さん達も、どうぞ食べてください」

誠美が助け船を出すように愛達にケーキを勧めたが、その顔は笑いを堪《こら》えているように見えて、伊之助は複雑な気分だった。

「ねえ、伊之助さん。あの飾りをくれるって本当?」

不意に郁乃がクリスマスツリーを指さした。

結局…イブは他のバンドのヘルプをすることにしたという紅葉に頼んで、持ってきてもらったクリスマスツリーだ。

紅葉の実家は神社なのに、しっかりとツリーは持っていたらしい。日本のクリスマスの宗教性のなさが分かるというものだ。

ただ本格的な大型のツリーにしては飾りが少な目だったので、伊之助が以前から持っていたものを一緒に飾ったのである。無論、これも紅葉に頼んで伊之助の部屋から持って来てもらったものだ。

「ああ、いいよ。どうせプレゼントとして、みんなに配る予定だったんだから」

伊之助はツリーの飾りに手を伸ばすと、一つずつその場にいた人に配っていった。

これは去年のクリスマスに露店で見つけたものだ。いくつかの飾りがセットになっていて、それぞれに何か意味があるらしい。

もう、それがどんな意味だったのかほとんど覚えてはいないが、その中に一つだけ、未だに印象に残っているものがある。

それは向かい合わせにラッパを吹く二人の天使の飾りだ。

「これ霞夜に…」

「あっ、かわいい」

「これは…買った時に教えてもらったんだけど、これを持つお互いの人間の変わらぬ友情を誓うために、片方ずつ持つことになっているらしい」

「……じゃあ」

「俺と霞夜で…ダメか？」

「そんなことない、嬉しいです。ありがとう…伊之助さん」

霞夜はそう言って、その飾りの片方をそっと両手で受け取った。

「そう言ってもらえると、俺もうれしいよ」

この飾りだけは他の誰にでもなく、霞夜に渡したかった。

目の前で苦しんでいた霞夜に何もしてやれなかった悔しさが、未だに伊之助の心の中に残っている。そんな自分がせめて霞夜にしてあげられること…それは、精神的な些細《ささい》なことでしかないのだ。

少しでも霞夜の支えになれるように。

今だけではなく、この先もずっと笑いかけて欲しいから…。

PART4　いくつもの別れ

霞夜の部屋で行われたクリスマスパーティから一週間。

年も改まったというのに、伊之助は相変わらず病院のベッドの上にいた。

覚悟はしていたものの、病院で迎える新年がこんなにも寂しいものだとは思ってもみなかった。つくづく健康の有り難さが分かるというものだ。

とはいえ、伊之助はこの平穏な入院生活をそれなりに楽しめるようになっていた。少なくとも建がいる以上は退屈しないし、霞夜や郁乃達もいる。

このまま穏やかな日々がずっと続けばいい…と、いささか入院当初とは違った思いが伊之助の心を占めるようになっていた。

が…その穏やかな日々の変化は突然にして起こった。


「…お兄ちゃん」

伊之助が午後にあった検査を終えて病室に戻ってくると、そこには蛍子がいつもと違う様子で立ち尽くしていた。

「どうしたんだ、ル子？」

伊之助がイスを勧めてやると、蛍子はうつむき加減のままそっと座る。

「なんか元気ないな。…何かあったのか？」

「………あのね」

「うん」

「私…もう、お兄ちゃんと会えなくなるの。急に…引っ越することになって…」

蛍子はそう言うと、うっ…と小さな嗚咽《おえつ》を漏らして泣き始めた。

「引っ越しって…遠いのか？」

「……………」

伊之助が問うと、蛍子は口には出さずに小さく頷《うなず》いた。

「いつ、行くんだ？」

「明後日《あさって》…」

…随分と急な話だな。

せっかく友達を増やした蛍子のためになんとかしてやりたいとは思うが、こればかりは伊之助にもどうしようもない。

「ううっ…」

かけるべき言葉を見つけられずに沈黙していると、蛍子はポロポロと涙を流した。

「泣くなよ。もう会えなくなる訳じゃないだろう」

「だって…」

「確かに、しばらくは会えなくなるかも知れないけど、また会いたい…また会えるって信じていれば、いつかまたきっと会えるさ」

「本当？」

「信じていればね。…俺は努力して必ずプロになる。そうしたらテレビにも出るから、ルル子は俺がその時に何をやっているか分かるだろ？」

「…うん」

「ルル子は、将来なんになりたいとかあるか？」

「私…お兄ちゃんの、お嫁さんになりたい」

顔を真っ赤にしながらも、蛍子は伊之助の目を見つめたままはっきりとそう口にした。

この言葉に驚きはしたが、迷いのない物言いはなんだか嬉《うれ》しかった。

その蛍子のために、伊之助が今してやれることは…。

「…じゃあ、今俺のお嫁さんになるか？」

「え？」

「先のことは分からないけど、ルル子が引っ越しする前に俺と式だけ挙げよう」

「本当、お兄ちゃん？」

「ああ…ルル子には建のこととか世話になりっぱなしだからな」

無論、本物の式など挙げられるはずもないので、結婚式と言っても遊びのようなものだ。

蛍子もそのことは十分に承知しているのだろうが、伊之助の提案に嬉しそうな表情を浮かべ、はっきりと頷いた。

…という訳で、伊之助と蛍子の結婚式の準備が慌ただしく進められることになった。

蛍子は二日後には引っ越ししてしまうのだから、どうしても翌日には式を行ってしまわなければならないのである。

幸いにも紅葉の家は神社なので、式自体は彼女に頼むことにした。

蛍子は式にドレスを着たいと希望したので、そちらの方は三千年に貸衣装を探してもらう。神主を前にドレスというのも変な気がしたが、和洋折衷というのもあるし、この際は気にしないことにした。

招待客は例によって霞夜、愛、杏菜、そして志摩と、式をする紅葉に三千年。

当日には、話を聞いた誠美がデコレーションケーキを焼いてきてくれたが、建は病室で郁乃に相手をしてもらうことにした。真似事《まねごと》とはいえ、伊之助と蛍子が結婚式を挙げる…などと言うことを知られたら、建がへそを曲げることは明白だ。

建にも蛍子と一緒にいられる時間をたくさん作ってやりたいところだが、ここは蛍子の方を立てることにしたのである。

場所はクリスマスの時と同様に霞夜の病室。

それなりに祭壇みたいなものを作り上げ、式は厳かに行われるように見えたのだが…。

「は〜、はい〜っ」

伊之助とドレスを着込んだ蛍子の前で、紅葉が巫女姿でインチキくさい舞を舞う。

なんでも神楽とかいう神道の舞らしいのだが、紅葉がやっているために、どこかうさんくさく感じられる。

「紅葉、長いよ…まだ続くのか？」

伊之助が小声で抗議すると、紅葉は不機嫌そうに睨《にら》んだ。

「ああっもう、伊之助うるさい！　ここからがいいところなのに」

「だって、お前…」

「そこまで本格的じゃなくてもいいよ。とにかく、次はあの誓いの言葉ってやつを…」

すかさず三千年がフォローの言葉を口にする。

紅葉は納得しかねる様子だったが、仕方なく舞を終わらせ、伊之助達に向き直った。

「…という訳で、誓いますか？」

「はっ？」

「流れで分かれ、伊之助」

「いくらなんでも、はしょりすぎだっ」

「いいから誓っとけ、伊之助」

「…分かったよ、誓います」

これでは雰囲気も何もあったものではないが、進行を妨げる訳にも行かず、伊之助は誓いの言葉を口にした。

「うん。じゃあ…ル子ちゃんも」

「誓います」

紅葉のふざけた進行にも、蛍子は神妙な面持ちで従っている。

「じゃあ、え〜と次は…なんだっけ、三千年くん？」

「次は指輪の交換だよ」

三千年が答える。

一体、誰が進行しているのか分からない。

「はい、じゃあ…交換っ」

人選を誤ったか…と伊之助は多少後悔しながら、三千年に買ってきてもらった指輪を、蛍子の左薬指にそっとはめた。安物のシルバーリングで子供の指には少し大きすぎたが、蛍子はその指輪を嬉しそうに眺めた。

「じゃあ、次はル子ちゃんの番ね」

「いや…俺のリングは用意してないんだ」

「そうなの？」

「あっ、お兄ちゃん。指輪…作ってきたの」

そう言って蛍子はビーズで作った指輪を取り出し、伊之助の指にはめた。

「ありがとう、ル子」

「えへへ…」

「じゃあクライマックス！　ブチュッといっとけ伊之助」

雰囲気や慎みが大きく欠落した紅葉の言葉に、伊之助は思わずため息をついた。

「お前…もっとこう、言い方とか考えられないのか？」

「どうでもいいじゃん、そんなこと。ほら、ル子ちゃんも待ってるし…」

紅葉の言葉に振り返ると、蛍子は顔を赤くして俯《うつむ》いている。さすがに流れには逆らえず、伊之助は跪《ひざまず》いて蛍子の肩に手をおき、その額にそっと口づけた。

「伊之助、サービス精神が足りてないよ」

「いいんだよ。今はこれで…な、ル子」

「………うん」

その瞬間、病室にいたみんなが拍手で伊之助達を祝福した。

式の後…。

愛達はそれぞれの仕事に戻り、紅葉と三千年も帰って行った。

郁乃に足止めされてふてくされているはずの建に、ケーキを持って行こうかと相談していると、その当人が部屋に飛び込んできた。

「にーたーん」

「建くん、待ってってばぁ」

建に続いて郁乃が駆け込んでくる。どうやら飛び出した建を、必死になって追いかけてきたらしい。肩で大きく息をしていた。

だが、建はそんなことにはお構いなしだ。

「ル子おねーたんっ！」

素早く室内の顔ぶれをチェックすると、その中に最愛の人物を見つけて駆け寄る。

「建くん、こんにちは」

「へへ〜、こぉんにちいわぁ」

建はすかさず蛍子の隣に腰を降ろすと、誠美から差し出されたケーキを幸せそうに食べ始めた。クリスマスの時と同じだ。建にとっては至福の瞬間なのだろう。

「…伊之助さん、式は終わったの？」

郁乃がそっと伊之助に囁《ささや》く。

「ん、無事終了」

「良かった。建くんが飛び出して行っちゃったから、どうしようかと思ったわ」

「ル子ちゃん、可愛かったですよ」

霞夜が伊之助の隣から、郁乃に式の様子を細かく教えた。

「そうかぁ…でもいいなぁ。私もル子ちゃんのドレス姿を見たかった」

「写真を撮ったから、今度見せるよ」

そう言いながら、伊之助はふと思いついて蛍子に訊《き》いた。

「そういやル子、明日は来れるのか？」

「ううん、明日はムリ」

「そうか…」

さすがに引っ越しの当日には、病院まで来ている暇はないようだ。…ということは、今日が蛍子と会える最後ということになってしまう。

「ふぇっ、ル子おねーたんどうしたのー？」

周りの雰囲気を察して、建が不思議そうな表情で訊いた。建はまだ蛍子がいなくなってしまうことを知らないのだ。

「いいか…建。ル子は明日遠くに行っちゃうんだ。…しばらく会えなくなるんだよ」

「ふぇっ？」

「…お兄ちゃん」

蛍子が戸惑ったように伊之助を見る。

隠してもいずれは分かってしまうことだ。だったら、ちゃんと話して別れを言わせてやった方がいい。蛍子と別れるのは辛《つら》いことだろうが、何も知らせずうやむやにするより、全てを知った上でそれを乗り越える方が建のためだから…。

「ル子おねーたんと、会えなくなるのー？」

「そうだ。今のうちに、話したいことを全部話しておきな」

「ヤーーッ、ヤーーーッだよ」

建は涙を浮かべると、蛍子の服にしがみついた。その様子はただの駄々《だだ》っ子にも見えるが、建にとってはかけがえのない人を失ってしまうかどうかの瀬戸際だ。

建の気持ちが分かるだけに、周りにいた者もどうするべきか判断に迷っていた。

「…建くん」

建にしがみつかれたままの蛍子も、困ったような表情を浮かべている。

「建っ！」

伊之助はしゃがんで視線を合わせると、真っ正面から建を見つめた。

「泣きたいのは分かるけどな、お前が泣いたらル子も悲しいんだぞ」

「ふぇっ…ル子おねーたんも？」

「ああ、ル子も悲しいの我慢してるんだ。それなのに、男の子の建が泣くのは変だろ？」

「………うん」

建は悲しげな顔をしている蛍子を見て、幼いながらも伊之助の言葉の意味を理解したらしい。両手で涙を拭きながら、小さく頷いた。

「後で思いっきり泣いてもいいから、今は残りの時間いっぱい、ル子と遊びな」

「うんっ…ル子おねーたん、踊ろ」

「…うん」

建の誘いに蛍子が立ち上がった。伊之助も二人の最後のダンスにギターでつき合う。踊りながら、いくつか言葉を交わす蛍子と建を見ていると、伊之助ですら涙がこぼれそうになった。

でも、言いたいことを全部言えたなら…最後は笑顔で別れられる。

病院の正面玄関で、蛍子は名残惜しそうに…そして伊之助達の姿を目に焼きつける様に見つめると、一礼して笑顔で病院を後にした。

蛍子の姿が見えなくなると同時に建が泣き出した。

建は最後まで伊之助との約束を守り、蛍子の前では決して涙を見せなかったのだ。

蛍子の顔が見えなくなってから、数日…。

伊之助の病室に来る建に、今一つ元気が足りなくなったような気がする。

「建、俺ギター弾きに行くけど、一緒に屋上に行かないか？」

「う～、寒いから行かない」

「まぁ、そりゃ一月だし…」

そう言いながら、伊之助は建の様子がなんとなくおかしいように感じた。ただ元気がないのではなく、その表情がやけにぼんやりとしている。

「建、お前どっか身体の調子が悪いんじゃないか？　気持ち悪いとか…熱いとか、寒いとか。そういうのどうだ？」

「……寒いよ、にーたん」

「寒い…？」

さっき言っていた寒いというのは、外のことではなく

建自身が寒気を感じていたようだ。

「お前…そういうことは早く言えっ」

「どうしたの、伊之助くん。大きな声を出して？」

ちょうど病室に顔を見せた愛に、伊之助は建の様子がおかしいことを説明した。途端に、それまでいつも通りだった愛の表情がさっと変わった。

「伊之助くん、建くんを抱いて病室まで急いで。…早くしなさいっ」

「はい、ほら…建」

「…ふぁっ」

建を抱き上げると、その身体は驚くほどに熱くなっている。

「すぐに病室に行くから、建くんについていてあげていてっ」

伊之助にそう指示を出すと、愛は慌てて病室を飛び出し、ナースステーションに駆け込んで行った。すでに建は伊之助の腕の中でぐったりしている。

伊之助は急いで建の病室まで戻ると、抱きかかえていた小さな身体をベッドの上にそっと横たえた。

「にーたん…苦しい…よ」

「建、大丈夫だ。すぐ先生が来るから」

「…はぁ…にーたん…」

建は小さな手を伸ばしてくる。

…まただ。

伊之助は、あの霞夜の時と同じ気分を味わっていた。

大切な相手に何もしてやることの出来ない歯がゆさが、伊之助の全身を罪悪感で覆い尽くしていく。自分が無力であることを、嫌でも痛感させられるのだ。

伊之助は他に為す術《すべ》もなく、ただ建の手を握ってやることしか出来なかった。


翌朝…。

病室を出た途端、霞夜の声が聞こえてきた。

「伊之助さん、おはようございます」

「今日は調子いいのか？」

「はい、お散歩がてら伊之助さんのところにでも行ってみようかと思ったんですけど…」

霞夜は朝早く病室から出て行こうとしている伊之助を見て、どこかへ行くんですか…と、不思議そうに訊いた。

「ああ、建のところにな」

「伊之助さんから、建くんのところに行くなんてめずらしいですね」

「建…昨日、倒れちゃってさ」

あれから建は酸素吸入などで事なきを得たのだが、当分の間は病室から出ることが出来なくなってしまったのである。やはり健康そうに見えていても、あの小さな身体は必死になって病魔と闘っているんだということを改めて実感させられてしまった。

「そうだったんですか…」

伊之助が詳しく語るまでもなく、霞夜は建が倒れたということだけで、ある程度のことを察していたようだ。神妙な顔で頷いた。

「だから…今日は俺から出向こうと思ってね」

「じゃあ…私も一緒に建くんのところに行っていいですか？」

「ああ、建も喜ぶと思うよ」

伊之助は霞夜と共に建の病室まで移動した。

病室に入ると、ベッドに横たわる建の姿が見える。てっきり誠美がつき添っていると思っていたのだが、その姿はどこにもなく意外な感じがした。

「あっ…にー…たん」

建は伊之助達の姿を見ると、ベッドの上で笑みを浮かべた。

「建、遊びにきたぞ」

「おはよう、建くん」

「霞夜、おねー…たん…」

建の声は荒い呼吸のため途切れがちだ。あの元気だった建が、喋《しゃべ》ることさえ満足に出来ないという状況が、伊之助の胸を締めつけた。

「…建、苦しそうだな」

「う、うん…へーきー…」

「ちょっと辛そうだね…。建くん、寝てると辛いでしょう？　身体を起こそう」

霞夜はそう声をかけると、ベッドに近づいて、寝ている建の身体をそっと抱え起こした。

建はなされるがままになっているが、苦しそうに顔を歪《ゆが》めている。

「霞夜、建を起こしてどうすんだよ？　寝かせておいた方がいいだろ」

「いいの。それより伊之助さんは、そのボタンを押して看護婦さんを呼んでください」

「あ、ああ……」

珍しく語気を強めた霞夜の言葉に、伊之助は言われた通りにナースコールのボタンを押した。霞夜は建をベッドの上に座らせて、静かに背中をさすっている。

「どう、建くん？　少し楽になった？」

「うん…ありがと、霞夜おねー、たん」

僅《わず》かではあったが、建はさっきよりも確実に回復しているようだ。

「…どうして、起きた方が楽なんだ？」

「う〜ん、こういう場合は逆に寝てると苦しいんです」

「え、なんで寝てると苦しいんだ？」

「え〜と……………」

霞夜がどう答えようか迷っていると、杏菜が駆け込んできた。

「あっ、堤くん⁉　建くんは？」

「建が苦しそうにしてて…」

「あっ、身体起こしてあげたんですね？　じゃあ、すぐに吸入持って来ますから」

そう言い残すと、杏菜は病室を出て行った。

やはり霞夜がやったように、身体起こすのが最適の方法だったようだ。

「例えば…伊之助さんもお布団をたくさんかけて寝たら、息苦しくなりますよね？　こういう時って、そういう感じに近いと思いますよ」

「布団をたくさんかけるのと同じ？」

「はい、自分のお腹にかかる力みたいなものが、すごく息苦しくて、身体を起こした方が楽なんですよ」

「……そういうものなのか？」

「はい。それにそういう時って、すごく不安で、こうして誰かに触っていてもらえるだけで、すごく気分が和らぐんです」

その言葉の通り、霞夜に背中をさすられている建の表情は、伊之助達が病室に入ってきた時とは比べものにならないほど穏やかになっている。

「詳しいんだな」

「私も…似たようなものですから…」

霞夜が小さく囁いた言葉に、伊之助はあっと言葉を詰まらせた。

知識として知っているのではない。これは霞夜自身の体験から得た対処方法であることを知って、伊之助はショックを覚えた。

そして…ここが病院であること。

霞夜や建は、その病院に入院する病人であったことを、改めて実感させられた。

「はい、ちょっとごめんなさい」

数分後、吸入装置を持った杏菜が戻ってきた。

その背後には、誠美の姿もある。

「すいません、堤さん、桧浦さん」

「誠美さん…来てたんですか？」

「はい、建の体調が悪いと聞きましたので、志摩先生に…」

「そうだったんですか」

誠美がこんな状態の建を一人にしておくはずがないと思っていたが、どうやら建の様子を訊いていたらしい。

「お世話をおかけして、申し訳ありません」

「建くん、ちょっと息苦しくなっただけですから…」

霞夜は建の背中をさすりながら、誠美に微笑《ほほえ》んで見せた。

「…ボク、へー、きー、だよ」

「でも、まだちょっと苦しそうね。それじゃ、建くん。お口、あーんして」

「あ～～～…」

建が大きく口を開くと、杏菜は吸入のガラスの容器を口元にあてた。建は容器を両手で受け取り、ゆっくりと吸入を始める。

しばらく続けると回復してきたらしい。吸入に飽きてきたのか、容器に息を吹き込んで遊び始めた。

「ダメだよ、建くん、遊んじゃ」

「…うん」

霞夜に注意されて、建は大人しく従った。先ほどの苦痛を和らげてくれたのが霞夜だと分かっているので、逆らえなくなってしまったらしい。

そんな建の様子をニヤニヤと眺めていた伊之助に、誠美がそっと声をかけた。

「あの…堤さん。お話しがあるんですが…」

「え、俺にですか。なんでしょう？」

「あの、ここではちょっと…」

誠美はチラリと建を見る。どうやら、建に関する話らしい。

「そうですか…分かりました。霞夜、俺ちょっと行って来るから」

「それじゃ、私は建くんについてます」

「すいません、桧浦さん」

霞夜に向かって頭を下げる誠美を伴い、伊之助は談話室に移動した。

談話室は午前中のためか、他に人気はない。伊之助はとりあえず誠美を座らせて、自動販売機でコーヒーを二人分買った。

「どうぞ、誠美さん」

「あ、すいません…堤さん」

「いえ、それより話というのは？」

誠美は伊之助の手渡したコーヒーをしばらく眺めていたが、やがて、ためらいを振り切るようにゆっくりと口を開いた。

「…私と建は近いうちに、ここを出ることになったんです」

「ここを…って、病院をですか？」

「建は心臓が悪いと、以前お話しましたよね」

「はい…」

伊之助は、以前、誠美に教えられたことを思い出した。

普段はあんなに元気な建が、思ったより重病だと聞かされた覚えがある。

「…移植手術が必要なんです」

「心臓の…ですか？」

「はい」

誠美は静かに頷いた。

あまりいい話ではないだろうと想像はしていたが、建の身体がここまで悪くなっているとは思いもしなかった。

「以前から先生に言われていたんですが、やはり国内ではドナーも少なく、手術は難しいらしくて…。それで…建とアメリカに渡ることに」

呆然《ぼうぜん》としたままの伊之助に、誠美は淡々とした口調で語った。

「アメリカって…いつですか？」

「建の体調が回復したらすぐにでも。明日になるか…遅くても二、三日中には…」

「そんなに早く？」

伊之助は驚いた。

それだけ急ぐのは、建の状態がそこまでせっぱ詰まっていると言うことなのだ。

「堤さんには大変お世話になったのに、突然こういう形になってしまって…」

「じゃあ…建とのお別れ会も出来ないですね」

「すいません」

「いや、誠美さんを責めてる訳じゃないですよ。その…あまりにも急な話だったから、なんて言っていいのか…」

続ける言葉を失って、伊之助は手の中でコーヒーの入ったカップを弄《もてあそ》んだ。

どちらにしても、建が元気になる可能性が少しでもあるなら、そちらを選択するのが最良の方法だろう。その意味では、誠美の決断は間違ってはいないのだ。

「アメリカに行けば、確率的にここよりは…という話です」

誠美が呟《つぶや》くように言った。

確率というのが単に手術の成功率のことではなく、ドナーに巡り会える可能性のことを言っているのは伊之助にも分かった。

最近は以前よりも移植手術を受けやすくなっているらしいが、それでもドナーがあってのことだ。特に子供の移植はドナーの問題があって、やはり国内では難しいという話を聞いたことがあった。

「…そうですか」

いくら親しいとはいえ、この件に関しては伊之助に口を挟む余地はない。

母親である誠美が一番だと思う方法を採るしかないのだから。

「けど…手術も成功するかどうか分かりませんし、それに成功したとしても拒絶反応と闘っていかなければなりませんから…」

「でも、受けるしかないんでしょう？」

考え始めるときりがない。

だが、少しでも建を元気にする方法があるのであれば、迷わずにその可能性にかけるべきだ…と、伊之助は思う。

「もしかしたら…私は建を失ってしまうかもしれない」

「誠美さん」

不吉な言葉を窘《たしな》めるように、伊之助は誠美の顔を覗《のぞ》き込んだ。

「私は二年前に事故で主人を亡くしているんです。…今度、また建を失うかも知れないと思うと…」

誠美が両手で握りしめていたカップに力が加えられた。

今まで聞いたことがなかったが、どうやら誠美は夫に先立たれ、一人で建を育てているようだ。詳しく事情を訊く雰囲気ではなかったが、彼女にとって建という存在がどれほど大切であるのか分かったような気がした。

「俺…誠美さんの選択は間違っていないと思います」

「え…？」

伊之助の言葉に、誠美はハッとしたように顔を上げた。

「建が…手術を受けて元気になったら、またみんなで会いましょう。今度はこんな病院なんかじゃなく、もっと違う場所で」

「…ありがとうございます。堤さん」

「俺なんかが言うのは変ですけど…。しっかりしてください。建が頼れるのは、誠美さんだけなんですから」

「…はい」

誠美は小さく頷くと、この日、初めて笑みを浮かべた。

「じゃあ戻りましょう。建がママの帰り待ってますよ」


建の病室を出た伊之助は、霞夜を送るため廊下を歩いていた。

「さっきの、建くんのお母さんの話…」

不意に霞夜がポツリと口を開く。

「え？」

「手術するとか…そういう話だったの？」

「…知ってたのか？」

霞夜は小さく首を振る。

「ううん。ただ…なんとなく」

「そうか…」

「やっぱり、手術なんだね」

「ああ…移植手術でアメリカに行くらしい」

「…そっか、建くんは手術受けるんだ」

どこか遠い世界のことを話すように、霞夜はぼんやりとした表情を浮かべた。

その言葉に違和感を感じて、伊之助は思わず霞夜に顔を向けた。

「あ…ゴメン。なんでもないの。…それより、建くんはいつここを出るの？」

「それが…早くて明日。遅くても二、三日中らしい」

「ずいぶん、急だね」

「ああ…」

「寂しくなるね」

「そうだな…」

伊之助は頷くことしか出来ない。

残念ながら、もう建にしてやれることは何もないのだ。唯一、残されているのは、笑顔で見送ってやることぐらいだ。

「お見送り、一緒にいこうね」

「ああ…行こう」

「……うん」

霞夜は複雑な表情で頷いた。

伊之助は、やはりいつもの霞夜とどこか違うものを感じていた。それが建がいなくなるのを寂しがっているからだと、そう思っていた。

その時は…。


結局、建はその二日後に病院を出ることになった。

あらかじめ誠美から聞かされていたので、当日、伊之助は約束通り、一緒に建の見送りをするために霞夜の病室を訪れた。

ノックをして中に入ると、霞夜は窓辺に立って外を眺めていた。窓は大きく開けられており、ひんやりとした風が病室の中を駆け抜けていく。

「霞夜、そんなに窓を開けていいのか？」

「うん…今日は天気がいいから」

外は確かに冬晴れのいい天気だ。

風の冷たさを除けば、日差しは結構あたたかい。

だが、霞夜は温度差によって体調を崩すということを知った伊之助としては、窓から入ってくる冷気が心配だった。

「せめて、これを着ていろよ」

伊之助はベッドの上に置かれていたカーディガンを手に取ると、背後からそっと霞夜にかけてやった。

「ありがとう…」

「頼むから、あんまり無理はするなよ」

「大丈夫だよ、伊之助さん。それより…建くんの見送りでしょう？」

「あ、ああ」

「じゃあ、行きましょう」

霞夜はカラカラと音を立てて窓を閉めた。


霞夜と一緒に建の病室まで来ると、そこには話し込んでいる愛と郁乃の姿があった。

「愛さん、建は？」

「まだいるよ。伊之助くんも見送り？」

「はい。…郁乃も来てたのか」

うっかり郁乃に話すのを忘れていたが、建が病院を出ることを、どこかで聞き込んできたようだ。もしかしたら、二三あたりに聞かされたのかも知れない。

「当たり前よ。私だって建くんの友達だもの」

「…そうだな。で、建は？」

病室の中を見回しても、当の建の姿が見えない。

途端、ベッドの陰で、ガムのおまけの整理をしていたらしい建が頭を上げた。

「あっ、にーたんっ‼」

伊之助を呼ぶその声は、驚くほど元気だ。

あまりの意外さに、伊之助は面食らってしまった。

「なんか元に戻ったみたいだな…でも、お前、その格好は…」

建はパジャマ姿のままだ。とても、これから病院を出るようには思えない。

「建くん、そのパジャマがお気に入りだからね」

と、愛。

「いや、そうじゃなくて…」

「分かってるわよ。建くんは一度家に戻るんだって。ここからはタクシーだしね」

「ああ…そういうことか」

「だから、この上に上着をはおっていくだけで、家に帰ってから着替えるんだって」

誠美に訊いたらしく、郁乃は愛の後を引き継ぐようにそう説明した。

「でも建くんは、いつもパンダのぬいぐるみ抱いてるし、寒くなんかないんでしょ」

「うん、あったかいよー」

霞夜が訊くと、建は元気良く答えた。

…まあ、確かにあれだけがっちりとパンダを抱えていればな。

「とても、この前に、あれだけ寒がっていたやつには見えんな」

「まぁ、回復してしまえばね」

愛がそう言って笑った。

以前の様子に戻った建を見ていると、アメリカまで手術を受けに行かなければならない重病人とは思えなかった。

「あっ、霞夜おねーたん、これー」

建は突然思い出したかのように、ガムのおまけの入った箱を霞夜の元まで運んできた。

「建くん…これは？」

「これー、全部揃《そろ》ったおまけー」

入院中に伊之助と全部集める約束をしたガムのおまけだ。

実は二つ欠けたままだったのだが、クリスマスの時に、伊之助が残り二つを密《ひそ》かに建の枕元に置いておいたのだ。

サンタクロースのプレゼントという訳である。

もっと他にも色々と考えたのだが、建の一番欲しがっているもの…というと、これしか思いつかなかったのだ。

「もしかして、私に見せてくれるって約束したやつ？」

思い出すようにそれを手にする霞夜に、建はニッと笑って見せる。

「うんっ！」

「建くん、覚えててくれたんだぁ」

霞夜は嬉しそうに、建が見せてくれたおまけを眺めた。

そう言えば、最初に霞夜の部屋を訪れた時に、二人はそんな約束を交わしていた。

「ふふ、うれしい」

「へへ～…」

喜ぶ霞夜を満足げに眺めた後、建は伊之助を振り返った。

「にーたん、あそぼー」

「…いや、お前それどころじゃないだろ？」

「ふぇっ？」

建は意味が分からない…という顔をして、不思議そうに伊之助を見た。

「あっ、建くん。まだ良く分かってないみたいなんだ」

「うん…これから少し出かけるぐらいにしか思っていないみたいな感じなの」

愛と郁乃が、少し困った表情で言った。

「でも、教えた方がいいんじゃないのか？」

「私もそう思うんだけど…」

これは母親である誠美が告げなければならないことで、愛や郁乃が勝手に教える訳にはいかなかったのだろう。

「誠美さんは…？」

伊之助が訊くと同時に、ちょうど誠美が病室に入ってきた。

退院の手続きをしていたという誠美に、伊之助は建に事実を告げるべきだと言った。

「はい…ですけど…」

誠美は躊躇《とまど》うように語尾を濁した。

やはり母親でも、建に真実を告げるのは辛い役だ。

「………伊之助さん」

霞夜が何か言いたげな顔で伊之助を見た。

おそらく、郁乃も…いや、誠美も同じことを考えているはずだった。だからこそ、今まで建に何も知らせないでいたのだ。

伊之助は覚悟を決めた。

「あの…誠美さん。俺が…建に教えてもいいですか？」

「伊之助くんが？」

愛が驚いたように、声を上げた。

「だって…何も知らせずにおくより、ちゃんと話して理解させた上で、この時間を大切にした方がいいじゃないですか」

蛍子の時もそうだ。

伊之助は幼いからといって事実を誤魔化《ごまか》すよりも、全て打ち明けた上で、建にはそれを乗り越えていって欲しいと思う。

そんな信条を理解しているからこそ、霞夜達は伊之助に託そうとしているのだ。

「うん、でも…」

愛は思案顔になったまま、判断を仰ぐように誠美の方を見た。それが最善だとしても、決めるのは母親である誠美だと言うことだろう。

「私も…そう思います。お願い出来ますか、堤さん？」

「はい」

誠美の了解を得て、伊之助は建のそばに寄った。

「伊之助さん…」

霞夜が心配そうな表情で呼びかけた。きっと慎重に言葉を選べという意味だろう。

伊之助は自分の目の高さが建と同じになるように、その場にしゃがみ込んだ。

「建…」

「なーに、にーたん?」

「建はこれから、遠くに行くんだよな?」

「うん、アメリカー」

「そうアメリカだ。そこはすごい遠いところでな、そこに行くと、しばらく帰ってこれないんだ」

「ふぇっ?」

建の表情が歪んだ。

「しばらく、俺や郁乃や霞夜とも…杏菜や愛さんとも会えなくなるんだ」

「ふぇ…ヤー、ヤーーーだよ」

「でもな、お前は行かなきゃならないんだ」

「ヤーーー、いーかーなーいーっ」

初めて自分の行くべき場所がどんなところであるのかを知って、建はじたんだを踏むように全身で拒否の態度を示した。

誰だって見知らぬ場所になんか行きたくない。ましてや、建は命をかけた手術を受けるために行かなければならないのだ。

伊之助としても、出来れば建には行って欲しくなかった。

だが……。

「行きたくないかも知れないけど、お前がそう言うとママが困るんだ」

「うっ…ママがー？」

「そうだ。建はママ好きだろ？　ママを困らせたくないよな？」

「うぅっ…うん」

「それに建は男の子だもんな、ママを泣かせたりしないよな？」

「…うん」

「よし、えらいぞ建」

涙をこらえた建の頭を、伊之助はいつもの様にくしゃくしゃと撫でてやった。いつもなら、そこで嬉しそうに笑う建だが今日は少し違っていた。

「もー、にーたんとあそべないのー？」

悲しそうな顔で伊之助に訊く。

「大丈夫だ。また会える…きっとな」

あてはなかったが、伊之助はそう思っていたし、そうあって欲しいと願っていた。

短いつき合いだったけど、建はここで誰よりも長く一緒にいた大切な相棒なのだから…。

「…うっうぅ」

建は一度飲み込んだ涙をまた浮かべた。

「泣いてもいいけどな、もう時間あんまりないぞ。泣いて終わっていいのか？」

「ぅうっ……」

「このままじゃ、みんな建は泣き虫だったたって思うぞ」

「ボク、泣き、虫じゃ、ない、もん………」

しゃくり上げながら、建はパジャマの袖《そで》で涙を拭《ぬぐ》った。

「そうだよな、俺の知ってる建は泣き虫じゃないぞ」

「…うん。にーたん、ちょっと待って…」

「どうした？」

伊之助の質問に答えず、建はさっき整理していたガムのおまけを取り出してきた。その中の一つを掴《つか》むと、伊之助の前に差し出す。

「にーたん、これ…」

「これ、お前が集めてたガムのおまけだろ」

「うん………にーたんにあげるー」

「いいのか？」

「うん、ボクの宝物ー、にーたんにあげるーっ」

建は伊之助の手に宝物を握らせると、おまけの入った箱を抱えたまま、今度は郁乃の元に駆け寄っていく。

「おねーたんにもー」

「私に？」

「うんっ」

「…ありがとう、建くん」

「へへ……愛おねーたんにも、はいっ、これー」

「ありがとう、建くん。あれ、二つくれるの？」

「ううん、一つは杏菜おねーたんのー」

「うん、分かった。杏菜もあとで来ると思うから渡しておくね」

愛はそう言って、受け取った二つのおまけを見つめた。

「霞夜おねーたん…これー」

建は最後に、霞夜に自分の宝物を手渡した。

「ありがとう。建くん………私ずっと大切にするよ」

「うん……」

「………本当に、ありがと、建くん」

建を見つめる霞夜の瞳に涙が溢《あふ》れた。それが流れ落ちそうになった時。

「おねーたん、メーーだよ。泣いたらメーーなの」

「うん、ごめんね、建くん」

「おねーたん…」

建は涙をこらえた霞夜の横に立ち、いつも自分が伊之助にされているように、しゃがんでいる霞夜の頭をくしゃくしゃと撫でた。

「……………建くん」

霞夜は建の名を呼び、建を抱きしめた。

「おねーたん。泣いたら、メーー…」

「泣いてないよ…建くん」

そう答える霞夜の瞳から、涙が一筋流れ落ちた。


一時間後…。

建が病院を出る準備が整い、伊之助達はそのまま正面玄関に向かった。

途中、仕事で建の病室に来れなかった杏菜と合流し、蛍子の時と同じように建を見送る。

「にーたん。これー」

　玄関前で振り返った建が伊之助の手に握らせたのは、クリスマスのプレゼントに贈ったガムのおまけだった。

「これは？」

「ル子おねーたんがきたら、あげてー。サンタクロースさんにもらった、ボクの一番の宝物なのー」

「それをル子に？」

「うんっ」

「わかった。ル子に会えたら渡しておくよ、きっと喜んでくれる」

「へへへ～」

「…じゃあ、建」

　誠美が促すように、建の背中を軽く押した。

　すでに、玄関前にはタクシーが到着しているのだ。

「…うん」

「みなさん…本当に、お世話になりました」

　誠美は改めて、伊之助達に向かって深々と頭を下げた。

「いいえ…向こうでも、大変だと思いますけど頑張ってください」

「はい、ありがとうございます」

建は再び誠美に促されて、順番にみんなと挨拶《あいさつ》を交わし、そして最後に伊之助の前に立った。

「……にーたん」

「必ず、元気になって戻ってこいよ。また、ル子と一緒に踊ったりしてさ、俺がギター弾いたりして……」

多くの思いが頭の中を駆けめぐり、言いたいことが上手く言葉にならなかった。それでも、建は伊之助の顔をじっと見たまま、目を反らさずに話を聞いている。

もう……ここまできたら、これ以上の言葉は必要ない。

伊之助は思いを断ち切るように、自分の手を広げて顔の横に上げた。

「建っ！　手を出せっ」

「う、うん！」

建は伊之助が手を上げた意味を理解して、同じように手を上げると掌《てのひら》と掌をぶつけた。

パンッ！

と乾いた音がする。

最後に伊之助は、笑顔を浮かべて大声で言った。

「じゃあな、建!!」

「バイバイ、にーたんっ!!」

建も伊之助に応《こた》えるように、元気な声で答えた。

荷物を手にした誠美は、すでに停まっているタクシーの方に歩き出している。建はそのあとを追うように走り出したが、数歩進んだところで振り返った。

そして…。

「うぅうう、わぁぁぁあああん、にーたぁぁぁあああん………うわぁぁぁあああん」

建は大声で泣き出した。

だが、それでも誠美の方へと向かって歩き出す。誠美に軽く頭を撫でられ、建は顔をくしゃくしゃにしたまま、タクシーに乗り込んだ。

建達を乗せたタクシーは静かに病院を出て行く。

そのタクシーが見えなくなり、愛や杏菜が仕事に戻っていっても、伊之助はその場にじっと立ち尽くしていた。

「行っちゃったね、建くん」

不意に霞夜が口を開いた。

「ああ………」

「私達も戻りましょうか。……伊之助さん？」

「…………」

「…泣いてるの？」

郁乃に言われ、伊之助は初めて自分の頬《ほお》を熱い雫《しずく》が伝っていることに気がついた。

「いつも笑顔でいるのって、本当にむずかしいよな」

流れ落ちる涙も拭わずタクシーの出て行った方を見ていると、勝手に思ったことが口に出ていた。

「そう…ですよね」

霞夜はそう呟くと、そっと背後から伊之助の袖を握った。


再びなんの変化もない平穏な日々が戻ってきた。

だがその平穏は、以前とは違って伊之助に苦痛をもたらす穏やかさであった。

建が突然、病室に駆け込んでくることもない。

蛍子がギターを聞きたいと、やってくることもない。

淡々とした同じ毎日の繰り返しだ。

ずっと建達と遊んでやっているつもりだったが、慰められていたのは、実は伊之助自身だったのかも知れない。

　あれから祖母が無事に退院したことによって、郁乃が病院に通ってくることはなくなってしまった。二三の噂話《うわさばなし》によると、学校に復帰したという話だ。

　ここが病院である以上、当然いつまでも一緒にいられるとは思っていないし、ここからいなくなると言うのは、ある意味喜ばしいことのはずなのだ。

　けれど、伊之助はあのクリスマスパーティで騒いだメンバーが、少しずつ欠けていく状況を寂しく感じていた。

「よう、調子はどうだ？」

　時間を持てあますようになった伊之助は、以前に増して霞夜の病室を訪れるようになった。もう…残っているのは霞夜だけなのである。

「伊之助さん…。今日はいいですよ」

　霞夜は読みかけていた本を置いて、笑顔で伊之助を迎えた。

「そうか……」

　伊之助は頷きながら、部屋の隅にあるパイプイスを広げて座った。

「どうしたんですか？　なんか元気ないですよ」

「ああ…なんか暇でさ」

「…みんな、いなくなっちゃいましたもんね」

霞夜は寂しげな瞳を伊之助に向けた。

「郁乃とも、連絡がつかないしな…」

「じゃあ、郁乃ちゃんとも、もう会えないのかな」

「会えないことは、ないと思うけど…」

郁乃は建達と違って遠くへ行ってしまった訳ではない。だが、どうしても今までのように会うのは難しくなるだろう。

それに…郁乃は病院に通うより、学校へ行く方がいいに決まっている。

「…もう伊之助さんだけだね」

「杏菜や、愛さんもいるだろ」

「うん、でも…ちょっと違う気がする」

確かに愛も杏菜も同じ病院にいる。霞夜は二人と仲はいいが、やはりどこかに、相手は看護婦だという意識があるのだろう。

伊之助は、いつか志摩に、霞夜の友達になってやって欲しい…と、頼まれたことを思い出した。その時は妙な頼みだと思っていたのだが、こうして自分が長い間入院生活を送ってみると、初めてその意味が理解出来るような気がする。

「それに伊之助さんも、いずれは…」

不意に霞夜が小さく呟いた。

語尾を濁してはいたが、言いたいことは理解出来た。

伊之助もいつかはこの病院を出る。そして、それは確実に霞夜よりも早いだろう。霞夜は、また独りぼっちになってしまうのだ。

「…なぁ、霞夜」

「何、伊之助さん？」

「これから毎日、俺が霞夜の病室に来るよ。それなら、寂しくないよな？」

「……そんなこと言って、伊之助さんが寂しいんじゃないですか？」

霞夜は少しすねたように言うと、クスクスと笑った。

「お前な……」

「ありがとう、伊之助さん」

伊之助の言葉を遮るように、霞夜は感謝の言葉を口にした。口ではなんと言おうと、伊之助の気持ちは、充分に伝わっているようだ。

そんな霞夜を見つめていると、漠然とした形にならない複雑な想いが溢れてくるようだった。それがなんなのか、伊之助にも分からなかった。

「あ、あのさ……」

「どうしたんですか？」

不意に言葉を詰まらせた伊之助の顔を、霞夜が覗き込んだ。

「あ、明日…来る時は、何か差し入れを持ってきてやろう。何がいい？」

「え…？」

唐突な伊之助の申し出に、霞夜は目を丸くした。

「何か、欲しいものとかあるか？」

「それは…」

霞夜は口ごもり、少し考えてから、

「伊之助さんのおごり？」

と、訊いた。

「ものによりけりだな」

「…じゃあ、伊之助さんの歌が欲しい」

「俺の？　いや…俺は構わないけど、音がなぁ…」

以前、病室でギターを弾いて、杏菜に注意されたことがある。

あの時のように屋上で弾いても良かったが、このところ寒さが厳しくなりつつあるのだ。

そんな場所に霞夜を連れ出すのは心配だった。

「ここは個室だから、少しくらいなら平気です」

「ああ、そうか……」

考えてみれば、ここは他の入院患者の邪魔になりにくいということで、クリスマスの時も、蛍子との結婚式にも使わせてもらったのだ。

「…じゃあ、明日はギターを持ってくるよ」

「はい、楽しみにしてます」

霞夜は本当に幸せそうな笑みを浮かべて笑った。


伊之助が病室に戻ると、部屋の入り口に見慣れた男の姿があった。

「あっ、三千年…どうしたんだ？」

「俺がここに来ちゃ、変か？」

「いいや、そんなことないぞ。暇を持て余していたからちょうどいい」

「……俺は暇つぶしの道具か？」

三千年はブスッとした表情を浮かべたが、その目は笑っている。冗談の通じにくい男ではあるが、まったくの堅物という訳ではないのだ。

しかし、紅葉と一緒にではなく、三千年が一人でここを訪れるのは意外なことだった。決して仲が悪い訳ではないが、どちらかといえば彼は一人を好むタイプだ。滅多に自分からは誘ってこないし、一人で伊之助のところに来ることは今まではなかった。

…何かあったのだろうか。

伊之助は漠然とした不安を感じながらも、三千年を談話室に誘った。

先日、誠美と話をした時のように、自動販売機でカップのコーヒーを買って、一つを三千年に手渡す。

三千年は黙ってカップを受け取ると、少し考えてからおもむろに口を開いた。

「あのさ、伊之助…」

「なんだ？」

「俺さ、伊之助が入院してる間、他のバンドのヘルプとかに行ってるんだ」

「…ああ、悪いな。俺も早く退院して音楽やりたいんだけど、なかなか出してもらえないんだよな」

ふと、志摩の顔を思い出して憂鬱《ゆううつ》な気分になったが、原因は伊之助の身体にあるのだ。志摩を恨めしく思っても仕方のないことだ。

「でもさ、病院で結構いけそうな曲とか、いくつか作ったしな。また退院したら紅葉と三人でさ……」

「伊之助！」

伊之助の言葉を遮るように、三千年が珍しく大きな声を出した。

「ん？」

「俺……プロにならないかって、誘われてるんだ」

「え？　プロに…？」

「ヘルプに行ってたバンドにさ、そういう話が来てて……」

「…………」

三千年の口から出た言葉は、あまりにも意外で伊之助は言葉を失った。

しかし、冷静に考えてみればあり得ない話ではない。三千年の実力からすれば、そんな話があってしかるべきなのだ。

ただ、その活躍の場所が問題であった。

「俺は『ｂｕｌｌｅｔ』が好きだよ。でも、ほら活動しばらくしてないだろ？　で、俺どうしたらいいかなって…」

「三千年…」

「俺、ずっと伊之助達と一緒にやっていきたいって思うけど、そっちのバンドも楽しくてさ。それに俺を必要としてくれてるし…」

今の足踏み状態に不安を感じているのは、伊之助だけではなかった。

三千年や紅葉は、もっと現実的なところで選択を迫られているのだ。プロの一歩手前で停止してしまった『ｂｕｌｌｅｔ』をどうするか…。

伊之助が呑気《のんき》な入院生活を送っている間も、三千年達は別のバイトをしながらずっと考え続けていたに違いないのだ。

「紅葉には…話したのか？」

「ああ、伊之助次第だって言ってた」

…そうか、ということは紅葉は賛成したってことか。

性格的に問題がない訳ではないが、紅葉は気さくないい女である。三千年がチャンスをつかめるという時に、それを邪魔するようなことはしないだろう。

だとしたら…問題は何もない。

「…行って来いよ、三千年」

伊之助はカップに軽く口を当ててから、静かに言った。

つき合いが長い分、三千年がどんなに悩んでいるか分かる。こうやって、一人で伊之助を訪ねてきたのがいい例だ。

「でも…伊之助」

「俺のせいだよな。三千年がどんなに『ｂｕｌｌｅｔ』が好きか良く知ってる。もうちょっとだったもんな、メジャーまで…」

「だから…だよ。お前は俺が行ってもいいのか？」

「そりゃ、困るさ」

伊之助が素直に答えると、三千年は複雑な表情で沈黙した。

「でも…必要とされるって、すごく大事なことだぜ。三千年は俺達にも必要なメンバーだけど…。今は行って来いよ」

「じゃあ…『ｂｕｌｌｅｔ』は、どうするんだよ？」

「モチロン、お前のいるところまで行くよ」

「……紅葉と二人でか？」

三千年の言葉に、伊之助は大きく頷いた。

「そこまで俺と紅葉が行けなきゃ、俺達はそれまでの器だったってことだ。ずっと仲良し三人組って訳じゃないだろ」

なんと言っても実力の世界だ。

特にグループの場合は、プロになるなら一人一人がそれ相応の実力を有していないと、結局は他のメンバーの足を引っ張るだけの存在になってしまう。

三千年はその実力を認められた。

だが、果たして伊之助達に実力があるのかどうか…問われるのはこれからなのである。

「でも…もし俺と紅葉がそこに行けたら、三千年には戻ってきて欲しい。『ｂｕｌｌｅｔ』はこの三人で初めて、本当の力を出せると思うから…」

「…ありがとう、伊之助。俺…先に行って待ってるよ」

「ああ、必ず追いつく。それまで腕磨いとけ」

伊之助は指を銃の形にして、三千年を撃つ振りをした。

焦りが全くないと言えば嘘《うそ》になる。伊之助がこうして入院している間に、三千年は先に進んでしまうのだ。

だが、認められた三千年を祝福する気持ちにも嘘はない。

「それは、俺のセリフだ」

伊之助の真意を理解してか、三千年はにやりと笑うと、

「じゃあ、それぞれの成功を祈って」

手にしたカップを掲げた。中身はコーヒーだが、酒の代わりということだろう。

「ああ、乾杯」

「乾杯…」

二人は静かに、互いのカップを触れさせた。

PART5　そばにいるよ

翌日、伊之助は志摩から外出許可をもらって病院を出た。

久しぶりに外出するためか、外の空気は以前よりもずっと冷たく感じられる。

…ううっ、寒いなぁ。

冷気に押されるようにして身体を縮め、伊之助は数分歩いて個人経営のコンビニ『ミレニアムマート』の店内に駆け込んだ。

店内に入ると同時に、ピンポーンというチャイムが響き、

「いらっしゃいませー」

と威勢の良い声に迎えられる。

伊之助はその声の主をレジカウンターの向こうに見つけて、軽く手を上げた。

「よう、紅葉」

「あっ、伊之助!?　いつ退院したのよ？」

「いや退院はまだだ。ちょっと抜けさせてもらっただけだ」

「なんだ…」

紅葉は落胆の表情を浮かべる。

「それじゃ、私のタダ働き人生はまだまだ続くのだねぇ」

「いやぁ…悪いな」

伊之助は両手を合わせて、紅葉を拝《おが》む真似《まね》をした。

…この『ミレニアムマート』は、伊之助が入院するまでバイトしていた店である。バンドマンに理解のある店長のおかげで、接客態度さえキチンとしていれば、どんな髪型でもOKという非常に有り難い店だ。

無論、退院したら再びこの店で働くつもりだったが、それまでの間、実家でお気楽な生活を満喫している紅葉に代わってもらっていたのだ。

「もう、いい加減に退院しろよ」

「いや…これぱかりは、俺の意志ではなぁ」

「分かってるよ。で、わざわざきたってことは、何か私に用なの？」

「うん…実は昨日、三千年が訪ねてきて…」

そこまで言うと、紅葉はあっ…と口を開ける。

「…聞いたんだ？」

「ああ…それでさ…」

言葉を続けようとした伊之助を、紅葉は軽く手を上げて止める。

「分かってるって。どうせ、私と二人で三千年くんに追いつくから、プロになれって言ったんでしょう？」

「…なんで、知ってんだよ」

「キミの思考パターンなんて、とっくにお見通しさ」

チッチッチッ…と、紅葉は人差し指を振った。

「紅葉…」

「あのさ…伊之助」

不意にまじめな顔をすると、紅葉は真っ直ぐに伊之助を見た。

「……私はプロになるよ」

「え？」

「だから、ちゃんと私に遅れずについて来ること。それは伊之助の義務だからね」

そう言うと、紅葉はニヤリと笑みを浮かべた。

三千年に置いていかれてしまった伊之助に対する、紅葉なりの激励なのだろう。

「お前こそ遅れるなよ」

同じように伊之助も笑い返した。

「さて、話が決まったところで…何か買え」

「はあ？」

唐突に話が変わって、伊之助は思わず問い返した。

「ほら、ちょっとこっち来て」

紅葉はレジカウンターから出ると、伊之助を化粧品が陳列されているコーナーまで引っ張ってきた。この店はコンビニなのに、店長の趣味でこの手のものが充実している。

紅葉は「新色・お勧め」と書かれた棚から、一本のルージュを取り出した。

「あのさ、これなんかどう？」

「なんで俺がそんなものを買わなきゃならんのだ？」

いくらヴィジュアル系といっても、伊之助は普段からルージュをつける趣味はない。

「ここさ、私が店長に仕入れてもらってコーナー作ったんだよね」

言われてみれば、伊之助がバイトをしていた時には、こんなに多くの種類の商品は置いていなかったはずだ。

…こりゃ、半分は紅葉の趣味だな。

伊之助は改めて、新設された化粧品コーナーを眺めた。

「もしかして、売れてないのか？」

「そんな訳ないじゃん。バカ売れだよ」

「じゃあ、なんで…」

「少しでも多く売りたいっしょ？」

文句を言おうとした伊之助を制して、紅葉は当たり前のような顔をした。

「でも、なんで俺なんだよ？」

「ふふふ…私が知らないとでも思っているんだろうねぇ、伊之助は」

「え…？」

紅葉は不気味な笑みを浮かべると、

「最近、あの霞夜ちゃんと仲がいいらしいじゃないですかぁ」

そっと囁《ささや》くように言う。

「…………………」

「ず・ぼ・し？」

「お、お前…」

…なんで、こいつがそんなことまで知っているんだ？

伊之助は困惑した頭の中で、素早く人物相関図を思い浮かべていた。確かに紅葉も霞夜と面識はあったが、伊之助の日常までは知るはずがないのだ。

言葉を失った伊之助を見て、紅葉は再びニンマリと笑みを浮かべる。

「実はこっそり、二三さんネットワークをミレニアムまで引っ張っておいたのだよ」

「二三さんって…あの噂《うわさ》ばばぁか？」

「そうそう。その二三さんが、病院の帰りにここに寄ってくれるようになってるの」

「でも…俺は、しばらくあの婆さんと会ってないぞ」

「やっぱり甘ちゃんだねぇ、伊之助は。大甘だよ」

紅葉は眉《まゆ》を寄せて、大仰に首を振った。

「何が大甘なんだ？」

「二三さんは本人だけじゃなくて、人からも情報を仕入れているのさ。だから、あの病院のことはなんでも知ってるよ」

しばらく姿を見ないと思ったのに、そんな組織的に噂を集めているとは…。

伊之助は改めて、二三の実力のすごさを知った気がした。

「さぁ、ルージュを買ってもらおうか？」

「…分かったよ」

伊之助は渋々頷《うなず》いた。ここまできたら言い逃れは出来ないだろう。

それに、ずっと病室に籠《こも》っている霞夜に、何かプレゼントをするというのもいいかも知れない。

「どれにする？」

「そうだな、どれがいい？」

伊之助は逆に問い返した。

ルージュのことが、男の伊之助に分かるはずもない。色々とあるようだが、どれが霞夜に似合うのか、色の違いを見ただけではさっぱりだ。

だが…。

「そういうのは、自分で選ぶから価値があるのではないのかね？」

確かに正論だ。

ここで紅葉に選ばせると、プレゼントとしての価値が落ちてしまいそうな気もする。

「…分かったよ」

仕方なく、伊之助は数十種類もあるルージュを選択する羽目になった。

…どれが霞夜に似合う色だろう？

あまり派手なのは、色の白い霞夜に合わないし…。

霞夜の顔を思い浮かべながら、ルージュを一本一本見比べていく。手間はかかったが、決して苦痛ではなく、むしろ楽しい作業であった。

「よし…これだ」

結局、数十分かけて一本のルージュを選び出した。

「ふう、やっと決まった。…長いっちゅうねん」

後ろで見ていた紅葉が、はーっとため息をつく。

「仕方ないだろ…」

「愛する人へのプレゼントだからねぇ」

「……………」

「照れるな照れるな」

「うるさい、さっさと会計しろ。包装もしてな」

「ちぇっ、伊之助は贅沢《ぜいたく》だよ」

ブツブツ文句を言いながらも、紅葉はルージュを見事に包装してくれた。


その日の午後…。

約束通り、伊之助はギターを持って霞夜の病室を訪ねた。

部屋の前に立って、二時間ほど前に置いておいたプレゼントがなくなっていることを確認すると、伊之助は静かにドアをノックした。

紅葉に無理矢理買わされたルージュのプレゼント。本来なら、部屋を訪ねる時に渡せばいいのだが、なんとなく面と向かって渡すのは気恥ずかしい気がしたのだ。

伊之助の名前を小さく書いておいたので、霞夜は気づいてくれたのだろう。

「はい…どうぞ」

中から霞夜の声が聞こえてきた。

入れば、ルージュを引いた霞夜が出迎えてくれる。

そう期待して、伊之助はドアを開けたのだが…。

「なんだ…普通だ」

「え…？」

部屋に入っての第一声が意味不明なものになってしまい、霞夜は驚いて伊之助を見た。

「ルージュ…」

「ああ…ありがとうございます。伊之助さん」

「霞夜なら、ルージュを引いてくれていると思ったのに」

「ごめんなさい。でも……」

「でも？」

「…つけるの、もったいなくて。伊之助さんがくれたルージュだから…」

そう言って霞夜は頰《ほお》を赤く染めた。なんだか、逆に伊之助の方が照れてしまいそうだ。

「それに…私、こういうの…あまりつけたことがなくて」

霞夜は少し俯《うつむ》いたまま、悲しそうな顔をする。長い病院生活を続けてきた霞夜は、同じ年頃の女の子のように、化粧をしたり着飾ったりする機会がほとんどなかったのだろう。

「じゃあ、俺がつけてあげるよ」

「えっ…伊之助さんがですか？」

「おう、俺も昔は化粧してステージに上がってたからな。大丈夫まかせてよ」

「はい」

霞夜はいつもの屈託のない笑顔で答えた。

伊之助は色合いが良く分かるようにサングラスを外し、霞夜からルージュを受け取る。

ベッドに座らせて、細い肩に手をかけると、それが合図のように霞夜は目を閉じた。

…なんか、こういうのって照れるよな。

勢いでつけてあげる…と言ったが、この体制はまるでキスをする直前のようだ。霞夜も同じことを考えているのだろう。瞳を閉じたまま頬を上気させている。

伊之助は沸き起こってくる邪《よこしま》な考えを振り切るように、柔らかそうな霞夜の唇にゆっくりとルージュを引いた。

「よし…これで完璧だ」

伊之助の声にそっと瞳を開くと、霞夜はルージュの引かれた唇を指でなぞった。

「あの……」

「大丈夫。綺麗《きれい》だ…良く似合ってるよ」

「そう…ですか」

霞夜は安心したように笑った。

その笑顔を見ていると、伊之助は霞夜への想いが溢《あふ》れてくるのを止められなくなった。

「霞夜……」

伊之助は、霞夜が返事をする前に、思わずその細い身体を抱きしめた。柔らかい身体から、あたたかな体温が伝わってくる。

あ、と霞夜は小さく声を上げ、身体を強張《こわば》らせた。

もし嫌なら、いつでも逃げられるように、伊之助は腕の力を僅《わず》かに緩める。だが、霞夜は抱きしめられて戸惑った様子ではあったが、おとなしくじっと抱かれたままだ。

「伊之助さん…」

「俺、霞夜が好きだ」

伊之助は自分の決意が揺らぐ前に、霞夜の耳元で一気に言った。この短い言葉を告げるのに、かなりの勇気と気力が必要であることを初めて知った。

霞夜はしばらく無言でいたが、やがて身体を預けるようにしてもたれ、伊之助の肩にこつんと額をあてる。

「私も…伊之助さんが……」

と伊之助の期待を膨らませる言葉を、霞夜が口にしようとした時。

コンコン！

突然ドアがノックされ、二人は飛び退くようにしてお互いから離れた。

「…は、はい」

霞夜が返事をすると、ドアを開けて志摩が入ってきた。後ろには愛や杏菜の姿もある。

「なんだ…伊之助も来ていたのか？」

「別にいいでしょう」

「そりゃ、別に構わないが…何を怒っているんだ？」

刺々《とげとげ》しい伊之助の口調に、志摩が不思議そうに首を捻った。

「さあねっ」

…ったく、せめて後一分待つぐらいの心遣いは出来ないのかっ？

事情を知らないのだから仕方ない…と分かっていながらも、伊之助は腹の虫が収まらずに、キッと志摩を横目で睨《にら》みつけた。

唯一、伊之助の心情が理解出来る霞夜は苦笑している。

「桧浦さん、体調の方はどうですか？」

杏菜が事務的な口調で霞夜に訊《き》いた。

「あの…いいと思います」

「あっ、そのルージュ」

愛が目ざとく霞夜の唇に気づいたらしい。

「えっ…あ、あの…」

「似合ってるよ」

「あら本当…でも、どこから…？」

杏菜がほんわかとした口調で、一番答えにくいことを尋ねてくる。

霞夜はチラリと伊之助を見ると、

「あの…伊之助さんに……」

と、俯いたまま小さな声で言った。

「へー、伊之助くんがねぇ」

愛がニヤニヤと笑いながら、楽しそうに伊之助を見る。

無言の冷やかしに、伊之助はなんだか居たたまれない気分になった。

「伊之助……」

志摩はチラリと伊之助を見ると、手にしていたカルテに視線を落とす。

「診察の邪魔だから、しばらく出ていろ」

「はいはい、言われなくても出て行きます」

何時《いつ》までもここにいたら、愛のからかいの対象にされるだけのことだ。

おとなしく部屋を出るために志摩の横を通り過ぎようとした時。

「…後で話がある」

志摩が小さな声で囁いた。

「えっ？」

伊之助は怪訝《けげん》な表情で志摩を見返す。

どことなく、いつもの雰囲気と微妙に違うものを感じたのだ。

「あっ、堤くん」

ぼんやりと志摩の横顔を見つめていた伊之助に、杏菜が声をかける。

「はいっ？」

「堤くんの肩のところ、なんか赤くなってるよ」

杏菜はここだ、と言うように自分の肩を指さした。

…肩のところ？

見ると、そこにはさっき霞夜を抱きしめた時についたと思われるルージュの跡。

霞夜は真っ赤な顔をして俯いている。

「な、なんでもないから…」

「えっ、でも、ほら、赤くなって」

「杏菜っ」

愛が杏菜を肘《ひじ》でつついて気づかせようとしているが、杏菜は意味が分からずに首を傾《かし》げていた。鈍いにもほどがある。

「じゃ、じゃあ…霞夜。また来るから」

伊之助はそう言い残し、杏菜がまた変なことを言い出さない内に…と、慌てて霞夜の病室を後にした。

「まぁ、かけたまえ」

志摩に勧められて、伊之助は椅子《いす》に腰をかけた。

一度自分の病室に戻った伊之助は、後で話がある…と言われたことを思い出して、志摩の診察室に出向いたのだが…。

伊之助を前にしても、志摩はしばらく無言でいた。

「志摩先生…話って？」

「ああ……」

焦《じ》れた伊之助が切り出しても、志摩の反応は鈍い。何かを考えている…というより、言葉を選んでいる感じだ。

そんなに言いにくいことなのだろうか？

そう考えて、伊之助はハッと顔を上げた。咄嗟《とっさ》に思いついたのは、自分の身体に関することであった。

「俺がなんの病気か、分かったんですか？」

「いや、そうじゃない。お前の方は問題ないだろう」

「問題ないだろう…って、それはどういう…」

「黙って聞け」

志摩はピシャリと言い放って、真剣な表情で伊之助を見る。

「問題は霞夜くんなのだ」

「霞夜が…？」

志摩の重い口調に、伊之助はドキリとした。

「そうだ…以前にも話したが、彼女は大変重い病を患っている。その容態が、日に日に悪くなっているんだ」

「う、嘘《うそ》だろ…？　俺…毎日会ってるけど、霞夜はそんな素振り全然見せてないし」

「無理をしているのだろう。…お前の前ではな」

「俺の前では…」

うっ、と伊之助は息を詰まらせた。それがどういう意味なのか、分からないはずはない。

「それで、霞夜は？」

「しばらく病室から出ることを禁止した」

「そうじゃないっ、治せんのか、治せねぇのか？」

「手術をすれば、治る可能性もある」

「じゃあ、手術してやれよっ！　あんた名医なんだろっ!?」

「落ち着け!!」

興奮した伊之助を制するように、志摩は初めて声を荒げ、掌《てのひら》で机《つくえ》を叩《たた》いた。

「いいか、良く聞け！　いかに私が名医でも、手術を受ける気がない者を手術することは出来ないのだっ」

「受ける気が…ない？」

…どうしてだ？

手術をしなければ、治るものも治らないのに…。

そんな伊之助の疑問を察して、志摩はゆっくりと口を開いた。

「この手術は成功率は…桧浦くんの状態から推測して、どんなに完璧に手術を終えたとしても二割に満たないだろうな」

「二割……」

思いもしなかった志摩の言葉に、伊之助は息を呑《の》んだ。

「それに霞夜くん自身が、手術を受ける気はないと言っている」

「どうして、霞夜は？」

「彼女はこう言ったよ、好きな人がいるから…とな。回復する見込みの薄い手術を受けて失敗するより、自分に残った時間の全てを使って、その人のそばにいたいんだそうだ」

その人が誰なのか…。もう、改めて志摩に問うまでもなかった。

「霞夜がそんなことを…」

「伊之助…私とて医者の端くれだ。出来ることなら彼女を救ってやりたいのだ」

志摩は座っていた椅子から身を乗り出した。

「先生……」

「私が手術を受けさせたいと思うのは、医者としてのエゴなのかも知れない。彼女にとって、今のままお前と共にいることが本当に幸せなのかも知れない。だから、これ以上私は何も言えないのだ。後はお前にまかせる。彼女とどう生きるのか考えてみてくれ」

どんな道に進もうと、彼女の支えになれるのはお前だけなのだから…。

志摩はそう話を締めくくったが、伊之助は一言も返す言葉を見つけられなかった。

告げられた事実はあまりにも重い。

伊之助は、室内にいるというのに寒気を感じた。


翌朝…。伊之助は朝食が済むと、すぐに霞夜の病室を訪ねた。

「あっ、伊之助さん…おはよう」

迎えてくれた霞夜の声は、幾分元気がないように感じられる。

…いや、これは俺の先入観なのかも知れないな。

伊之助は自分にそう言い聞かせながら、近くにあったパイプ椅子に座った。

「今日は早いんだね。いつもはお昼過ぎてからなのに…」

「ああ、急に霞夜の顔が見たくなってな」

「…本当？」

霞夜は伊之助の顔を覗《のぞ》き込んだ。

「ああ…本当さ」

「ふふ、うれしい」

そう答えて微笑《ほほえ》む霞夜の笑顔を、伊之助はじっと見つめた。

「…………」

「どうしたの、伊之助さん？」

「あ、いや…なんでもない」

伊之助はゆっくり首を振った。

努めて平静を装ったが、どうしても顔の筋肉が強張ってしまう。

霞夜はそんな伊之助を無言で見つめていたが、

「伊之助さん…」

と、ぽつりと呟《つぶや》くように呼びかけた。

「なんだ？」

「あのね…私、この部屋から出られないようになったの」

「あ…でも身体の調子が良くなれば、すぐにまた…」

「志摩先生に聞いたんだよね？」

霞夜は抑揚のない声で言った。

「えっ？」

「私、体調が悪くなったなんて言ってないよ」

「で、でも…入院してるんだし、病室から出られなくなるのは…」

「聞いたんだよね、私のこと？」

霞夜の澄んだ瞳が伊之助に向けられる。全てを見通しているかのような瞳に、伊之助はついに抗しきれなくなった。

「……昨日、志摩先生が教えてくれた」

「やっぱりね…。こんな時間に伊之助さんが来るなんて、おかしいと思ったんだ」

霞夜は微かな笑みを浮かべた。

「おかしくはないだろう、俺は霞夜が好きなんだから」

「昨日、そう言ってくれたね。すごく嬉《うれ》しかったんだよ。それで、私も伊之助さんが好きって言おうと思ったんだけど…」

霞夜の両目に涙が浮かぶ。

「けど…私、そんなに…伊之助さんといられないから、もうすぐ……」

霞夜は細い指でベッドのシーツを握りしめる。溢れ出てくる感情に押されて、涙が霞夜の頬を伝い、パジャマにいくつもの染みをつくった。

「霞夜……」

伊之助はパイプ椅子から立ち上がると、霞夜の隣に座り直し、そっと震える身体を抱きしめる。霞夜はすがりつくように伊之助の胸に顔を埋め、声もなく静かに泣き続けた。

伊之助もまた、どうすることも出来ず…何も言えないまま、霞夜に胸を貸していた。

このまま黙って別離の時が来るのを待つのか。

考えただけでも、伊之助には耐えられそうもない。この…今確かに存在している、あたたかな存在が消え失せてしまうなどとは…。

「伊之助さん………」

霞夜が涙で濡《ぬ》れた瞳をあげて、伊之助を呼んだ。

「どうした霞夜？」

「お願いがあるの」

「俺に出来ることなら、なんでも聞くよ」

「あのね…私が死ぬまでそばにいて欲しいの」

あまりにも悲しい無心に、伊之助は言葉を無くした。

「大丈夫だよ、そんなに長い期間じゃないから。きっと一ヶ月か二ヶ月くらい…」

「…手術は？」

伊之助は出来るだけ平静に訊いた。だが、声はかすれてしまっている。

「やっぱり、そのことも聞いてたんだね」

「聞いた…。手術は受けないのか？」

「……受けない」

霞夜は小さく首を振りながら、キッパリと言った。

「どうして⁉」

「だって…失敗したら、もう伊之助さんといられないから」

「で、でも…」

「二十パーセントの成功率って、八十パーセントの確率で失敗するんだよ」

霞夜はまるで伊之助に言い聞かせるかのように、穏やかな口調で言った。

「でも、このままじゃ、霞夜は…」

「もう…いいの。最後に本当に好きな人も出来たし……ううん、だから最後の時まで、その人と一緒いたいと思うの」

穏やかだが揺るぎのない声。霞夜は本心から、そう思っているのだろう。

だけど…。

「ずるいよ霞夜は。俺は……どうすればいい？」

「えっ…」

「残された俺は？」

「…………………」

「最後まで一緒にいる…なんて言えねぇよ。格好悪いけど、俺のために霞夜には生きてて貰《もら》いたいんだ。思い出だけじゃ、生きていけねぇよ。俺には霞夜が必要なんだ」

喋《しゃべ》っていると感情が高ぶり、知らないうちに涙が溢れた。

こんな悲しい願いを聞くために霞夜を好きになった訳ではない。

好きな人とずっと一緒にいる。こんな簡単で当たり前のこと。

それを霞夜が諦《あきら》めてしまうのが悲しかった。

自分勝手なのは分かっている。でも、霞夜が自分のことを好きだと思っていてくれるなら、伊之助は諦めて欲しくなかった。

「霞夜は…今のこの時を美化しているだけだよ。どんなに怖くても諦めんなよ。生きていたいって、泣《な》き喚《わめ》いたっていいんだよ。どんなに格好悪くても、前を見ることが生きている人間の義務じゃないのか」

伊之助は自分でも何を言ってているのか、分からなくなっていた。それでも、思いつく限りの言葉を並べて霞夜を説得しようとした。

霞夜は俯いたまま、何も言わずに伊之助の言葉を聞いている。

「あ……ごめん、霞夜。勝手なことばっかり言って」

「ううん……」

霞夜は静かに首を振った。

「でも、もう一度考えて欲しい。それでも考えが変わらないと言うなら…」

その時は最後まで霞夜といるよ…と、伊之助は言った。

「ただ、忘れないでくれ。俺はこの先もずっと霞夜と一緒にいたいんだ」

「……………」

霞夜は黙って顔を伏せている。

まだ何か言い足りないような気もしたが、いくら言葉を重ねても、結論は霞夜自身が出すことだ。伊之助はじっと霞夜の答えを待った。

「…応援、してくれますか？」

「当たり前だろ」

「私、手術…考えてみます」

「霞夜……」

伊之助はもう一度霞夜を抱き寄せ、耳元でその名を囁いた。

「…はい」

「俺…霞夜のために曲を書くよ」

「曲を？」

「うん…建が倒れた時に書こうと思った曲があるんだ」

医者でもない伊之助が、唯一出来ること。

それは、やはり曲を奏でることしかなかった。

気持ちがあたたかくなるような、そして勇気づけられるような…そんな曲を。

「……手術、頑張った時のご褒美？」

「ああ、手術が終わったら、その時に霞夜に贈るよ」

「約束ですよ」

「ああ…約束する」

伊之助が抱きしめる腕に力を込めると、霞夜の細い腕がそっと伊之助の背中に回された。


その日、霞夜は手術を受けることを決意した。


霞夜が手術を受けるまで出来る限り一緒にいよう。

そう決心した伊之助であったが、その決意は皮肉なことに伊之助が待ち望んでいた志摩の言葉によって、多少の変更を余儀なくされてしまった。

「退院だ、伊之助」

「…………………」

「なんか、それらしい反応はないのか？」

検査結果を告げた志摩は、無表情なまま伊之助を見て呆《あき》れるように肩をすくめた。

「この前、俺はなんともないって聞いたからな」

「ああ、そうだったな。とにかく、すぐにでもベッドを空けてくれてかまわんぞ」

「そうするよ」

「伊之助」

志摩はカルテを机の上に放った。

「どうした、嬉しくはないのか？　お前が待ち望んだ退院だぞ」

「だって…分かっているだろう」

「霞夜くんのことか？」

志摩はため息をついた。

確かに退院を待ちこがれてはいたが、今、この状況で病院を離れるのは、伊之助としては不本意であった。霞夜を残してここを出ることになるのだから、素直には喜べない。

「とはいえ、お前もいつまでもここにいる訳にもいかないだろう」

「そうだな…」

例え退院したとしても、毎日この病院を訪れれば霞夜の顔を見ることは出来る。

今でも、一日中霞夜のそばについている訳ではないのだから、考えようによってはたいした差はないのかも知れない。

「…まだしばらくは、毎日お前の顔を見ることになりそうだな」

伊之助の考えを察したように、志摩はにやっと笑う。

「まあ…お前が霞夜くんのそばにいて、彼女を勇気づけることで、少しでも成功の確率は上がるはずだ」

「あのさ…先生。霞夜はいつ頃手術を受けることになるんだ？」

「十日後くらいを予定している。彼女の体調しだいで前後はあるかもしれないがな」

「……ずいぶん早いんだな」

「彼女の状態を考えれば当然だろう」

志摩は当たり前のように言ったが、伊之助にとっては別の意味がある。

十日…。長いようで短い時間。ヘタをすると、この十日間が霞夜との最後の十日間になってしまうかも知れないのだ。

病室で荷物をまとめた伊之助は、同室の患者への挨拶《あいさつ》もそこそこに、霞夜の病室を尋ねた。霞夜はいつものように、笑顔で伊之助を迎えてくれた。

「あら、伊之助さん…その格好はもしかして…」

「ああ…今日、退院出来ることになったんだ」

「本当ですか？　おめでとう伊之助さん」

退院を素直に喜んでくれる霞夜に、伊之助は理由のない罪悪感を感じた。

「ありがとう、霞夜」

「また、好きな音楽いっぱい出来るね」

「そうだな」

「でも…ちょっと寂しいな。みんないなくなって、また私だけ置いてきぼり…」

霞夜はベッドに座ったまま、寂しそうな笑みを浮かべた。

「バカ、置いてきぼりとか言うな。霞夜も病気を治して、早くここから出るんだよ」

「……うん」

ぎこちなく頷く霞夜。

その可能性が僅か二十パーセントであることを、忘れたくても忘れられない…そんな表情だ。

「俺、これからも毎日ここに来るよ。少なくとも俺だけはいなくならないから、霞夜は病気を治すことだけに専念しな」

霞夜は、ありがとう…と、小さな声で答えた。

そして気持ちを切り替えるように、パッと顔を上げる。

「ねえ、伊之助さん。退院する前に歌ってくれる？」

「あ、ああ…いいよ」

伊之助は快諾すると、ケースからギターを取り出した。

この数日、毎日のように、この部屋でギターを鳴らして歌っている。霞夜は『ｂｕｌｌｅｔ』の曲は、もうほとんど歌えるようになってしまっていた。

「ふふふ…伊之助さんの歌、好きなんだ」

「そうか…？」

「うん、なんか、すごく前向きで…」

「それは、霞夜が前を向いてるからだよ」

「そうかな？」

「ああ…そうさ。それじゃ、始めるぞ」

伊之助は霞夜の隣でギターを奏で、入院生活最後の歌を歌った。

霞夜は瞳を閉じて、伊之助の歌声に真剣に聞き入って

いた。

約一ヶ月のブランクを経て、伊之助は『ミレニアムマート』のバイトに復帰した。

同時に、足踏みしていた『bullet』が、ようやく動き始めるのだ。当面は、先に行ってしまった三千年に追いつくことを目標に。

「どうだ…紅葉？」

伊之助は久しぶりに戻った自分のアパートで、さっそく打ち合わせにきた紅葉に、入院中に作っていた新曲を披露した。

「う～ん…なんか、今までの伊之助の曲と違うねぇ」

「そうか？」

「でも、悪くないと思うよ。私は好きだな」

最低限度の合格点を貰ってホッとした。後は、もっと煮詰めて行くだけだ。

「よし…じゃあ、これを…」

「あ、ねえ…それより、少し早めに復帰ライブをやろうと思うんだけど」

「ん…そうだな。リハビリには、その方がいいかもな」

「じゃ、手配しといていいかな？」

紅葉は手帳を取り出しながら、すでに日程の検討に入っている。

意外と顔の広い紅葉は、この手の準備をさせると抜かりはない。今まで行ってきたライブの会場も、全て紅葉が抑えてきた場所ばかりであった。

「任せるよ。それと…この曲のアレンジの方も頼むな」

「おっけー、任せなさい」

紅葉は、ポンと胸を叩いた。無の状態から曲を作ることは出来ないが、アレンジをさせれば、紅葉は伊之助以上の腕を持っている。

「頼む……っと、もうこんな時間か」

「あれ、なんか用事があるの？」

「ちょっと…霞夜のところに…」

伊之助が少し口ごもりながら言うと、紅葉はニヤリと笑った。

「ほほう…入れ込んでますねぇ」

「うるさいっ」

紅葉のからかいの言葉に、伊之助は憮然《ぶぜん》とした。

だが、入れ込んでいるのは事実なので、否定することも出来ない。

「あのさあ…霞夜ちゃんのとこに行くのはいいけど…身体大丈夫なの？」

「大丈夫だから、退院出来たんだろうが」

「じゃなくて…ちゃんと休んでるかってことよ」

「…………………」

確かに、伊之助は退院してからハードな毎日を送っていた。

午前中は曲作り。午後は霞夜の病室に顔を出し、三時間ほど仮眠して深夜から早朝のバイト。ここ数日はそんな生活を送っている。

だが、入院中に止まっていた時間を取り戻すには、これでも足りないぐらいだ。

少しでも早く曲を完成させて、霞夜に贈らなければならない。

「ま、やることはちゃんとやってるから、文句は言わないけどさ」

「しばらくは…好きなようにさせてくれ」

「はいはい。私はここで、もうちょっと曲いじってるから、鍵《かぎ》は置いていってね」

「ああ…じゃあ俺行くから」

「あ、伊之助」

上着を羽織り、急いで部屋を出ようとした伊之助を紅葉が呼び止めた。

ドアのノブに手をかけたまま振り返ると、紅葉は、気をつけて…と優しい声で言った。

「あ〜、伊之助くんっ」

霞夜の病室があるフロアまで来ると、ちょうどナースステーションから出てきた愛と杏菜にばったり出会った。

「こんにちは、愛さん、杏菜」

「ちょっと、伊之助くんっ。退院する時、なんで黙って出てったのよ？」

「あ…そう言えば、そうでしたね」

退院の日は、面会時間が終わるギリギリまで霞夜の部屋にいたので、愛達に挨拶する暇がなかったのだ。それから何度も病院には来ていたが、タイミングが合わないのか一度も顔を会わせる機会がなかった。

「いや…でも、どうせ毎日来るつもりだったから…」

「え…？」

「霞夜と…約束してるんですよ。だから、改まっての挨拶ってのも…」

「確かにそうですねぇ」

杏菜が相変わらず、のんびりとした調子で頷いた。

「それじゃあ…おれ、霞夜の部屋に行きます」

「はい、それじゃ」

これ以上、突っ込まれないうちに…と、伊之助は二人と別れ、霞夜の病室に向かった。

いつもの様にドアをノックしてから霞夜の病室に入る。

「あっ、伊之助さん…本当に毎日来てくれるんだ」

「来るって言ったろ。今日はどうだ？」

「今日も、調子いいですよ」

ほとんど習慣のようになってしまった言葉を交わした後、伊之助はいつものようにパイプ椅子に座って、ベッドの霞夜と向かい合った。

「このところ、ずっと調子がいいみたいだな」

「伊之助さんが来てくれるから…そのおかげかな」

「俺は何もしてないぞ」

「ううん、ここに来て私の心配してくれるから。…きっと私の身体も、伊之助さんが心配しないようにって頑張ってるんだと思う」

「そ、そうか…」

はにかんだような笑顔を向けられて、伊之助は思わず照れたように顔を背けた。

くすぐったい雰囲気が二人を包む。

「そういや…霞夜の家族は？」

なんだか居たたまれない気分になって、伊之助は話題を変えた。このままでは、いつ霞夜を抱きしめてしまうか分からない。

だが、霞夜は伊之助の質問に意外なほど複雑な表情を浮かべた。

「私のとこ、お父さんと二人だけだから……」

「そうなんだ…」

だが、何度もこの部屋を訪れているのに、その父親と顔を会わしたことがない。

霞夜は、そんな伊之助の疑問を察したように、

「お父さん、今…海外の方で仕事してるから」

「手術のことは当然知ってるだろうから、その日はこっちに来てくれるのか？」

霞夜の父親と顔を会わすのであれば、伊之助もそれなりに心証を良くしたいと思う。

…でも、青い髪のロッカーなんかダメ…なんて言われたらどうしよう。

そんなことを考えていた伊之助は、霞夜が小さく首を振るのに驚きを隠せなかった。

「だって、お仕事休めないでしょ」

「でも…霞夜の命がかかってるんだぜ」

普通なら、仕事を捨ててでも、娘の元に駆けつけるのではないだろうか？

「あのね、伊之助さん。私はお父さんが一生懸命働いてくれてるから、まだ生きていられるの…。だって、私がこうしてるだけですごくお金がかかるんだもの」

「そうかもしれないけど…」

理屈はそうかも知れないが感情的に納得出来ない伊之助を、霞夜は諭すような口調で静かに言った。

「別に、冷たいとかそういうのじゃないよ。お父さんは、身体が弱くてずっと入院してる私のために、一生懸命働いてくれてるの。私がこんな身体でなければ、お父さんはこんな苦労をしなくて済んだのに…」

「ゴメン…霞夜。俺は何も知らないのに…」

伊之助は素直に謝った。

きっと霞夜と父親の間は、普通では考えられないような強い絆《きずな》で結ばれているのだろう。

事情を知らない伊之助が、安易に意見出来るようなことではないのだ。

建と誠美の絆も、他の親子に比べてずっと強かったではないか。

「ううん、伊之助さんが私を想って言ってくれてるの分かってるから」

それにね…と、霞夜は言葉を続けた。

「今は伊之助さんがいてくれるから、寂しくないよ」

「俺はずっとそばにいるよ」

伊之助は霞夜にそっと手を伸ばし抱きしめた。

「私…この腕の中にいられるなら、寂しくなんかない…」

霞夜は伊之助に抱かれ、独り言のようにそう囁いた。

PART6　月の光に照らされて

「起きろーっ！」

深夜のバイトを終えて仮眠を取っていた伊之助は、紅葉のけたたましい声に叩《たた》き起こされた。寝ぼけ眼でドアの鍵《かぎ》を外すと、勢い良くドアが開いて紅葉が乱入してくる。

「ライブを決めてきたぞーっ！」

「はあ…？」

「寝ぼけんなーっ！」

紅葉は手にしていた手帳で、ぺしぺしと伊之助の頭を叩いた。

ミルク粥《がゆ》のような伊之助の脳細胞が、ライブという単語で徐々に動き始める。流しに立ってコップ一杯の水を流し込み、ようやく話が出来るほどに覚醒《かくせい》した。

「で、いつだ？」

「五日後だーっ！」

ライブが決定したせいか、紅葉はいつになくハイテンションだ。

「五日後……って、五日後っ!?」

「文句は言わせないよっ、任せるって言ったのは伊之助だかんね」

「だけど、お前…その日は手術…」

霞夜の手術が予定されている日だ…。

「ん、手術って…？」

「…言ってなかったっけ」

「うん、聞いてないよ」

「………変更は？」

「不可」

紅葉はすげなく答える。

「だって、もう三千年くんにも連絡しちゃったよ。二人でも、これだけ出来るぞ…って見せてやらないと気になるかなって思ったんだけど」

それは…確かにそうだ。

三千年には、とりあえず向こうで頑張ってもらい、いずれは伊之助達とメジャーで合流を目指す。今回のライブは、その心意気を示すためのものだ。

しかし…。

「手術って…まさか、霞夜ちゃんの？」

ようやく事態に気づいた紅葉が、眉根《まゆね》を寄せて伊之助を見つめた。

「うん……」

「どうする？　ライブは六時ぐらいの予定なんだけど…」

「霞夜に時間を訊《き》いてみるよ」

伊之助はとりあえず、そう答えるしかなかった。

出来ることなら自分達のライブを二千年に見せてやりたいし、霞夜のために作った曲も試してみたい。本当に、霞夜に喜んでもらえる曲かどうか…。

だが、手術の時間には病院にいたかった。

時間がズレていてくれることを願いながら、伊之助はいつもの時間に、霞夜の待つ病室へ向かった。

「少し、疲れてるんじゃない」

霞夜は心配そうに伊之助の顔を見つめた。

…確かに、この数日はハードな生活を送っているからなぁ。

伊之助は霞夜に、気にするなよ…と言ったが、それは無理な話だ。過労と睡眠不足で、入院中の健康的な伊之助とは別人のようにやつれてしまっているのだから。

「…大変なんでしょう？　バイトして、ここに来るの」

「そんなことないぞ」

「嘘《うそ》、あんまり寝てないんでしょう」

「二回に分けて……合わせて五時間ぐらいは寝てるぞ」

「足りないよ、それじゃ」

霞夜は少し怒ったような顔をした。あまり見たことのない怒りの表情ですら、それなりに魅力的に見えるのは、恋愛中毒の末期症状かも知れない。それとも、単に疲れているせいだろうか…。

「でも、そうしないと霞夜に会えないからな」

「無理して来なくても、いいよ」

「いや…俺が霞夜といたいんだ」

無理してでも会わなければ、最悪五日後には…。

伊之助は頭に浮かんだ不吉な想像を慌てて振り払った。無論、後五日だけ…などとは思っていない。でも、その可能性を否定することは出来ないのだ。

「伊之助さん……」

その気持ちが伝わったのか、霞夜は悲しそうに伊之助の名を呼ぶ。そんな霞夜の態度に、伊之助はちょっと甘えてみたくなった。

「ああ…でも眠気が限界かな。そのベッドの隅借りていいか？」

「えっ、ああ…いいですけど」

「悪い…ゴメンな」

伊之助はそう言って、イスに座ったまま上半身だけ霞夜のベッドに突っ伏した。こうすれば、眠りに落ちる最後の瞬間まで霞夜と話していることが出来る。

「伊之助さん…身体痛くなりますよ」

「いいよ」

子供のような口調で答える伊之助の青い髪を、霞夜はそっと微笑《ほほえ》みながら撫でた。伊之助は、それだけで気持ちが安らいでいくような気がした。

「霞夜…あのさ。手術って何時からなんだ？」

「はっきり決まってないですけど、多分、夕方くらいになるだろうって、志摩先生が言ってました」

「夕方かぁ…」

やはり、かち合ってしまうようだ。

伊之助は突っ伏した姿勢のまま、まいったなぁ…と呟《つぶや》く。

「何かあるんですか？」

「…ライブが、手術の日と被《かぶ》ったんだ」

「え？」

「でも、手術の日はずっとここにいるって決めてたから、ライブはキャンセルだな」

紅葉は変更不可だと言っていたが、手術を無視してライブには行けそうもない。

…明日、謝って紅葉に日を変えてもらおう。

そう考えていた伊之助の頭上から、霞夜の厳しい声が降ってきた。

「ダメです。その日はライブに行ってください」

「えっ…でも霞夜の手術が…」

伊之助が思わず上半身を起こすと、目の前には意外なほど真剣な表情を浮かべた霞夜の顔があった。

「だって、そこには伊之助さんを待ってる人達がいるんですよね？」

「あ、ああ……」

確かに久しぶりのライブだ。『ｂｕｌｌｅｔ』を待っててくれる人もいるだろう。

「前に、伊之助さんライブの話してくれたじゃないですか。ステージで歌う伊之助さんを待ってる人達がいるなら、絶対に裏切っちゃダメです」

「霞夜…」

「……その代わり、一つお願いしてもいいですか？」

霞夜はふと視線をベッドに落とすと、少し甘えたような声で言った。

「手術の前の日は、ずっとそばにいてください」

霞夜のささやかな願いを伊之助は即座に快諾した。言われなくても、前日は一緒にいるつもりだったのだ。

「それに、ライブが終わったらすぐに駆けつける」

「じゃあ、約束ですよ。私も手術、頑張って受けますから」

「ああ…………応援してる」

そう言うと、伊之助は再びベッドに倒れ込んだ。そろそろ眠気の限界が近づいている。

霞夜の匂《にお》いに包まれて優しく頭を撫でられながら、伊之助はいつしか深い眠りに落ちていった。


霞夜の手術が行われる前日…。

伊之助は約束通り、朝から霞夜の病室に来ていた。

前日だけあって特別に用事がある訳でもないのに、愛や杏菜が何度か顔を見せている。様子を見にきている…というより激励のつもりなのだろう。

「桧浦さん、いよいよ明日だね」

愛が努めて明るく言う。まるで明日が来れば、全ての苦労が報われる…そんな言い方。いや…ある意味、本当にそうなのかも知れない…。

「どう、体調は?」

「いいですよ。熱もないですし」

杏菜の質問に霞夜は明るく答えている。その姿を見る限り、いつもの霞夜と全く違う様子はなかった。

「手術が上手くいけば、外に行ったりとかも出来ますから。…頑張ってください」

「はい、頑張ります」

「じゃあ、霞夜が外に出られるようになったら、俺のライブ観にきてくれよ」

伊之助が言うと、霞夜はパッと顔を輝かせる。

「うん、絶対観に行く」

「じゃあ、その時は私も誘ってね」

愛が同調した。

「はい。きっと伊之助さんが招待してくれますよ、ね、伊之助さん」

「ああ…最前列に招待してやるよ。そして、その打ち上げに、みんなでパーッと騒ごう」

「いいですね。あの『酔客』にもう一度行ってみたいです」

霞夜が懐かしそうな顔をする。

考えてみれば、霞夜と病院以外の場所に行ったのは『酔客』だけなのだ。

手術さえ上手く行けば、どんなところにでも行ける。

霞夜を連れて行きたい場所は、伊之助の頭の中に無数にあった。

「じゃあ、私達仕事に戻るから」

「はい…ありがとう」

二人の訪問の意味を理解している霞夜は、小さく感謝の言葉を口にした。

伊之助が二人を見送るために病室の外まで出ると、愛が不意に真剣な表情で振り返った。

「伊之助くん…」

「はい?」

「桧浦さん、笑顔を見せてるけど、本当はすごく不安なはずだから…」

「分かっています」

伊之助はしっかりと頷《うなず》いた。そんなことは言われるまでもない。

「あの…手術はきっと成功します。私、堤くんが今日まで、どんなに一生懸命だったか知ってますし、それに桧浦さんだって…」

そこまで一気に言って、杏菜はハッとしたように頭を下げる。

「あの、ごめんなさい、勝手なこと言って…」

「分かってるよ、杏菜。ありがとう…」

「じゃあ、もう行くね」

軽く手を上げて立ち去っていこうとする二人に、伊之助はもう一度だけ声をかけた。

「…あの、霞夜をお願いします」

愛や杏菜が直接手術をする訳ではない。だが、伊之助はそう言わずにはいられなかった。

そんな伊之助の心情を察して、二人は言葉にこそしなかったが深く頷いた。

「…もう、明日なんだね」

病室に戻ると、ベッドの上の霞夜が感慨深げな顔をしていた。

「急にどうした？」

伊之助はパイプ椅子《いす》に腰を下ろした。この数日、この場所は伊之助の指定席になってしまっている。

「なんか、ああいうふうに言われると、ああ、私手術受けるんだなぁ…って、実感が出てくるような気がするんですよね」

「怖いか？」

伊之助が恐る恐る尋ねると、霞夜は即座に首を振る。

「ふふふ…今は伊之助さんがいてくれるから平気です。怖くない」

「そうか」

「でも、だんだん怖くなるのかな…？」

「俺、今日はずっと一緒にいられるから、元気出せ」

不安そうに俯《うつむ》く霞夜の肩に、伊之助は軽く手をかけた。

「うん…ありがとう、伊之助さん」

霞夜は少し頬《ほお》を染めて笑った。

だが、時が経《た》つのに比例して徐々に霞夜の不安も大きくなっているのだろう。夕方になって日が暮れる頃になると、極端に口数が少なくなっていった。

「霞夜どうした？　何もない壁なんか見つめて…」

「え…べ、別になんともないよ。ほ、ほら…今日は伊之助さんがずっと一緒にいてくれるから、ちょっと…き、緊張して…」

あたふた取り繕う霞夜は、自分を見つめる伊之助の視線に気づいて、諦《あきら》めたように言葉を途切らせ、そのまま静かに俯いた。

「…本当はね。だんだん…怖くなってきちゃった」

「霞夜……怖いなら怖いと言ってもいいんだぞ」

伊之助は霞夜の隣に座り直すと、そっとその身体を抱きしめる。

「俺…何もしてやれないけど、一人で抱え込むことないよ」

「……うん」

霞夜はそう頷き、コツンと額を伊之助の肩に預けてきた。

霞夜を失うかもしれない…そう思うだけで、自分が手術を受ける訳でもないのに、伊之助の胃もきりきりと痛んだ。

伊之助でさえこんなに怖いと思うのに、当の本人である霞夜が怖くない訳がないのだ。

…なのに、俺にはこうして霞夜を抱きしめてやることしか出来ない。

自分が無力だということを痛感しながらも、ほんの少しでも霞夜の不安を取り除いてやれるように…伊之助は、霞夜の身体を強く抱きしめた。

PART 6　月の光に照らされて

その夜…。

パイプイスに座ったまま、この数日の疲れから、ついうとうとしていた伊之助は、吹き込んできた冷たい風に目を覚ました。見ると、さっきまでベッドで横になっていた霞夜が起き出し、窓を開けて外を眺めている。

「どうした霞夜、窓なんか開けて？」

「うん、月が見たかったの…」

と霞夜は伊之助の方を振り返った。

「月を見るなら、窓は開けなくてもいいだろ。身体が冷えるぞ」

「……これが、最後かもしれないから」

静かな霞夜の声。

その声に、伊之助はドキッと心臓が跳ね上がったような気がした。

「だって、こうやっていられるのも最後かもしれないから…。窓越しじゃなくて、ちゃんと見たかったんだ」

「バカなこと言うなよっ。手術して身体治して、俺のライブ観にきてくれるんだろ?」

「……ずっと弱気にならないようにって、そう思ってたけど」

霞夜はそっと病室の窓を閉め、ゆっくりと伊之助を振り返る。

「やっぱりダメみたい…」

無理矢理に笑顔を作ろうとする霞夜。だがその笑顔は、抑えても溢《あふ》れ出てくる涙によって歪《ゆが》められてしまっていた。

「ダメって…霞夜…」

「怖いよ…私…八割の確率で……死ぬんだよ」

霞夜の口から出た「死ぬ」という言葉に、伊之助は思わず絶句した。

「………………」

「すごく不安で、押し潰されそう。今まで伊之助さんに会えてすごく楽しかったよ。それまでは…ちょっと諦めてたの。もうすぐ私、死ぬんだなって…。これでお父さんも、少し楽になるかなって…」

ポロポロと瞳から涙がこぼれ落ちる。もう、霞夜はそれを拭《ぬぐ》おうともせず、泣きながら心に鬱積《うっせき》したものを吐露するように喋《しゃべ》り続けた。

「でも、伊之助さんや建くんに会って、楽しいこととかいっぱいあって…。今は、こんなに生きていたいって、そう思うのに…。私…明日には……いないかもしれない」

「か、霞夜……」

「伊之助さん……私、死にたく…ない……」

霞夜の言葉が終わる前に、伊之助はその身体をきつく抱きしめていた。

このまま霞夜が消えてしまうかのような、…そんな不安に、伊之助は心の底から怯《おび》えた。

「俺だって怖いんだよ…」

腕の中で嗚咽《おえつ》を漏らす霞夜を抱きしめながら、伊之助も涙が溢れるのを抑えられなかった。霞夜の不安を取り除こうとしていたのに、もう自分の感情すら制御出来なかった。

「お前を失うなんて…そんなこと考えたくもないのに、不安が頭から離れないんだ。俺、自分勝手だから、霞夜が残りの時間を全部俺にくれるって言ったのに…それじゃあ満足出来ないんだ。足りないんだっ」

伊之助はそっと身体を離すと、正面から涙に濡《ぬ》れる霞夜を見つめた。

「……諦めて欲しくないんだ、確かに八割の確率で死ぬかもしれないけど。可能性があるなら、霞夜も俺といたいって思ってくれるなら…諦めて欲しくない」

霞夜は瞳を新たな涙で潤ませながら、じっと伊之助を見つめている。伊之助はそんな霞夜の涙をそっと親指で拭った。

「俺…格好悪いよな、ズルイよな。…でも、格好が悪くても、それが俺の本心なんだ」

「伊之助、さん………」

霞夜は伊之助のサングラスを外すと、自分がしてもらったようにその下の涙を拭い、微かな笑みを浮かべた。

「霞夜………」

伊之助が顔を近づけると、霞夜はゆっくり瞳を閉じた。

そっと二人の唇が重なる。

涙でしっとりと濡れた唇の感触を確かめ、忘れないかのように…。

「……ごめんね。伊之助さんの気持ち知ってるのに、私…弱気になって」

霞夜は伊之助の腕の中で、俯きながらそう口にした。

「…なんのために、俺がここにいると思ってるんだ？」

今、伊之助がこの場にいるのは霞夜のためだ。霞夜がそばにいて欲しいと望んだからだ。

…なのに、霞夜に気を遣わせてどうするんだ？

「霞夜は優しすぎるよ…。霞夜も…もっとなんでも言ってくれよ。…俺、どんなわがままでも受け止めるから」

「…どんなことでも？」

「ああ、どんなことでもだ」

伊之助の言葉に、霞夜は少しだけ考えてから、俯いたまま囁《ささや》くように言った。

「私を…抱いてくれますか？」

「え？」

「私の全てを、伊之助さんに覚えていてもらいたい。…諦めじゃなく、ただ伊之助さんに覚えていてもらいたいだけ」

霞夜はそう言うと、顔を上げて伊之助を見つめる。

「私のわがまま…受け止めてくれますか？」

「…………」

伊之助は何も言わず、腕の中にいる霞夜の頭を軽く撫でてベッドへと誘う。最初に伊之助が深く腰をかけ、その前に霞夜を座らせた。

…俺は霞夜を抱きたい。

それは伊之助の偽らざる本心であった。相手を想う気持ちがある以上、それは当然のことなのかも知れない。

だが、今の伊之助には、その自分の気持ちがひどく浅ましいものに思えた。

…生死の瀬戸際で、これが最後かもしれないからなんて。

抱きたいと思う人に抱いて欲しいと言われ、本来なら嬉《うれ》しいはずなのに、伊之助の気持ちは沈み、戸惑いを感じていた。

「私、今日が最後だから…とか思ってないよ」

不意に霞夜が言った。

「霞夜…」

「伊之助さんの考えてること、なんとなく分かるよ。でも、違うの。今は人の温もりに…伊之助さんの命に触れていたいの」

「…………」

「私を伊之助さんに繋《つな》ぎとめておいて。気持ちだけじゃなく、その温もりで…。また、伊之助さんの胸に戻ってきたいって想うように……」

伊之助はその霞夜の言葉に…いや気持ちに、何も言わずに背後からパジャマのボタンに手を伸ばした。それが答えだった。

またこの腕の中に、霞夜が戻ってきてくれるように願いながら…。


パジャマのボタンを外し、そっと肩から外す。

霞夜は身体を強張《こわば》らせ、小さくなって小刻みに震えていた。入院生活の長い霞夜は、この手のことに経験がないのだろう。

伊之助はいたわるように霞夜の髪を撫でながら、パジャマをそっと左右に広げるように降ろした。霞夜の透き通るように白い肌が露《あらわ》になる。

「……大丈夫」

安心させるように耳元で一言だけ囁いて、伊之助はブラジャーのホックを外し、肩ひもをずらす。霞夜のほっそりとした肢体に、小振りな乳房が露になった。

伊之助はそのまま霞夜の身体を横向きに寝かせた。霞夜は黙って伊之助のリードにしたがっている。パジャマの裾《すそ》をめくって手を潜り込ませ、霞夜の細い足にそって進ませると、その先にあるショーツに指をかけた。

瞬間、霞夜の身体が小さく震える。

性急な気もしたが、二人に残された時間は短い。

少しでも長く霞夜の全てを見たい…肌と肌で触れ合いたい。そんな想いに突き動かされて、伊之助はそのままショーツを引き下ろして裾から抜いた。

霞夜はきつく瞳を閉じて、恥ずかしさに耐えているよ

うだ。伊之助はそんな霞夜から離れてベッドの横に立った。不意に離れた伊之助を、霞夜が不安そうに目で追った。

「霞夜を…霞夜の全てを俺に見せてくれるか？」

伊之助の突然の言葉に、霞夜は驚きもせずに小さく頷いた。

ベッドから身体を起こし、ゆっくりとはだけたパジャマを脱ぎ去った。立て膝《ひざ》で片手にパジャマを握る霞夜の姿は、外から差し込む月の光に照らし出される。

その白い肌と流れるような綺麗《きれい》な髪は、霞夜をまるで次元の違う生き物のように映し出す。陳腐な言い方をすれば、その姿は妖精や天使を思わせた。

だが、その美しさは全て霞夜が望んだものではない。

長い入院生活で日に焼けることもなかった白い肌や、思うようにいじることも出来なかった長い綺麗な髪。唯一の装飾品であるヘアバンドですら、入院生活に都合がいいからしているものだろう。

伊之助には、その美しさが悲しいものの様に感じられた。

「…………………」

霞夜は伊之助の視線に、急に恥ずかしくなったのか顔を背けた。

伊之助はそんな霞夜の前で、着ているものを一枚ずつ脱いでいく。霞夜はその様子をチラチラと眺めていたが、全てを脱ぎ終わる頃には完全に顔を背けていた。

「霞夜…緊張してるのか？」

「……はい」

「大丈夫。俺を信じて、力を抜いて……」

伊之助は唯一霞夜の身体に残ったヘアバンドを外すと、髪を撫でるようにして抱き寄せた。肩に手をかけ、再びゆっくりとベッドに横たえる。霞夜はひんやりとしたシーツの感触に、ベッドの上で猫のようにその身体を屈《かが》めた。

「霞夜…始めるよ」

「……うん」

霞夜が頷くのを見届けると、伊之助は右手を伸ばしてそっと乳房に触れた。掌《てのひら》一杯に体温と鼓動が伝わってくる。

乳房のラインをなぞるように掌を動かしていくと、霞夜は不安そうに伊之助を見た。

「…俺が怖いか？」

「ううん…伊之助さんの手、あたたかいし…」

「そうか…」

伊之助は愛撫《あいぶ》を続けながら、霞夜の額にキスをした。

「伊之助さん。私のこと、忘れちゃやだよ」

「……バカ。忘れない…忘れる訳ないだろう」

「だって……」

まだ何かを言おうとする霞夜を伊之助は強く抱きしめた。お互いの素肌が密着し、その鼓動までも一つに解け合うかのような感覚。

伊之助はそれでさえも足りないと感じた。

霞夜の全てを自分に取り込むかのように、背中に回した手をうなじに、背中に、腰の辺りにまで這《は》わせ、少しでも多くの部分に触れた。ゆっくりと身体を撫でられて、切なげに漏れ始めた霞夜の吐息さえも、自分のものにするために。

背中を愛撫していた手を乳房に戻し、その柔らかな丘をそっと掌で包むと、先端を指先で軽く摘み上げる。

「あっ……」

霞夜は小さく息を呑《の》んだ。伊之助から与えられる刺激に、どう反応していいのか分からないかのように、小さく首を振り艶《いろ》っぽく頬を上気させる。

その切なげな表情を見つめていると、伊之助は途端に理性を失いそうになった。本能の赴くまま、力一杯、霞夜を抱きたいという衝動が沸き起こってくる。

だが今は、単に身体を重ねて快感を求めるだけの行為ではない。

伊之助の想いの全てが霞夜に伝わるように、霞夜が安心してこの腕の中に戻ってこれるように…との、身体を重ねた約束でもあるのだ。

伊之助は出来るだけ負担をかけないように、優しく、丁寧に手と唇を使って、徐々に霞夜の身体を開かせていく。時間をかけて中心部分に到着した時には、指先に触れる液体の感触が、すでに霞夜の受け入れ準備が整っていることを教えてくれた。

「霞夜、そろそろ……」

伊之助は身体を入れ替えるようにしてベッドに仰向けになると、霞夜を自分の上へと導いた。こちらの方が、霞夜の身体にかかる負担が少ないと考えたからだ。

「う、うん……」

霞夜は神妙な面もちで頷くと、伊之助に誘われるままに身体を委《ゆだ》ねた。

下から腰を密着させてその先端をあてがうと、伊之助を感じて霞夜は身体を震わせる。

「伊之助さん……私、初めてだから……」

そう囁かれて、伊之助はハッと気づいた。霞夜を上にしたのは、身体に負担をかけないようにとの配慮だったが、初めて男を受け入れるのに適した方法とは言えない。

「霞夜っ……」

伊之助が身体を起こそうとした瞬間、霞夜の身体が一気に沈んだ。何かを突き抜けるような感覚の後、伊之助は霞夜の奥深くまで侵入していた。

「っ……はぁっ」

自らを貫く痛みに、霞夜は苦悶《くもん》の表情を浮かべる。

「霞夜、なんで…。…それより辛《つら》かったら降りろ」

「嫌…覚えていてって…。私を、受け止めて…くれるって」

霞夜は苦しげに呻《うめ》きながら、それだけ言うと唇を噛《か》んだ。瞳には大粒の涙が浮かんでいたが、霞夜はその苦痛を必死の様子で耐えている。

「で、でも……」

「お願い……心残りを……作りたく、ないから」

「…………………」

伊之助は泣きながら訴える霞夜を、無言で抱き寄せた。霞夜が覚悟を決めた上での行動なら、その全てを受け入れなければならない。

「はぁ…うっ……ううっ」

霞夜の不規則な、荒い呼吸が耳元で響く。痛みに耐えながら、それでも伊之助から離れようとしない。しがみつくように背中から肩に回された霞夜の手は、痛みに耐えるために力が入り、伊之助の背中に爪《つめ》を食い込ませた。

「はぁ……私、どうしたら…いい？」

「……けど、辛いんだろ」

「痛みより…忘れられることの方が…辛いから…」

霞夜の上気した頬を涙が伝う。

伊之助はその涙を拭いながら、静かに言った。

「……霞夜は何もしなくていい。俺がゆっくり動かすから、ダメならそう言ってくれ」

「うん………」

伊之助は抱きしめていた霞夜の身体をそっと揺するように動かす。

「くぅっ、あっ………あっ………はっ………」

快感などあるはずがない。

それどころか、低い呻き声からは、今の霞夜が苦痛しか感じていないことが分かる。それでも霞夜は音を上げようとはしなかった。

自分の身体を…霞夜という存在を、伊之助の中に刻み込もうとしているかのように。

伊之助は自分を包み込む霞夜の柔らかな感触に促され、その体温と、その心を身体中で感じながら、霞夜の中で終わった。

…俺の命を霞夜に感じてもらうために。

そうすることが、霞夜に示すことの出来る唯一の誠意の様な気がした。

霞夜は呼吸を乱して伊之助の胸に、力尽きた顔を埋める。伊之助はその肩を優しく、ただ優しく抱きしめていた。

…俺は霞夜の想いを受け止めることが出来ただろうか？

衣服を身につけ終えた伊之助は、ベッドに腰かけたまま、隣で身繕いをしていた霞夜の横顔を不安げに見つめた。

そんな伊之助の視線に気づき、霞夜は恥ずかしそうに照れ笑いを浮かべる。

伊之助は霞夜の肩をそっと抱き寄せた。

「霞夜…まだ、不安か？」

「…不安じゃないって言ったら嘘ですけど。でも…また、伊之助さんのところに戻ってきたいです」

「霞夜……」

切ない気持ちが込み上げてきて、伊之助は顔を歪めた。

「…そんなに、悲しい顔しないでください」

「霞夜が…笑ってくれてるのにな」

伊之助は気持ちを切り替えるように頭を振って、無理矢理に笑顔を作った。多少ぎこちない笑顔ではあったが…。

「そう…その笑顔で見送って。…必ず、戻ってくるから」

「俺、待ってるよ」

「はい…」

「霞夜…愛してる」

「ふふふ………知ってます」

そう言って霞夜は伊之助の胸に顔を埋めた。

伊之助はそのまま霞夜の気がすむまで、その身体を優しく抱きしめていた。


カンカンカン…。

誰もいない病院の廊下に、伊之助の走る音だけが響く。

熱狂的な声援の中でライブを終えた伊之助は、そこが病院だということも忘れて霞夜の病室へと走った。

ライブは成功だ。

新しく披露した新曲も、大声援で迎えられた。

これからの自分や、建に何もしてやれなかった想いを込めて、霞夜のために作ったその曲はついに完成したのだ。

ライブの準備のために、朝早く病室を出る伊之助を、なんの迷いもない最高の笑顔で送り出してくれた霞夜。その霞夜に、少しでも早くその曲を届けたかった。

霞夜の病室に飛び込んだ伊之助は、呼吸を荒げながらも、電気の消えた薄暗い病室を覗《のぞ》き込む。ベッドの上には…外から差し込む月光に照らし出された霞夜の姿が見えた。

「伊之助…か」

薄暗くて気づかなかったが、室内には志摩の姿があった。飛び込んできた伊之助をチラリと見ると、霞夜の横にある機械の数値に視線を戻した。

「先生……霞夜は……手術は？」

「手術は成功だ…」

「成功………よっしゃぁぁあああ!!」

伊之助は思わず両拳《りょうこぶし》を握りしめて叫んだ。同時に、身体中の力が一気に抜けていくような気がする。

そんな伊之助を、志摩は無言で見つめていた。

「先生…やっぱり先生は名医だよ。二割の確率しかない手術を成功させるんだもんな」

「ああ…だがな」

「え？」

志摩の暗く沈んだ声に、伊之助はギクリとした。

「…何か気にかかるのだ」

「な、なんか…問題があるのか？」

「いや、これは医者としての私のカンだ。…手術自体は問題ない」

問題ないと聞いて、一瞬強張った伊之助はホッと息をついた。志摩が暗い声で言うので、思わず緊張してしまった。

「小さな気がかりなら、これからなんとかなるんだろう？」

「まぁ、そうなのだがな」

「びっくりさせるなよ。…ところで霞夜はいつ目を覚ますんだ？」

「…そうだな、遅くとも明日の朝には目も覚めるだろう」

志摩は少し考えてから答えた。

「そうか…じゃあ、俺………」

「いや、今日は帰れ」

霞夜の目が覚めるまで待とうとしたのだが、それを言葉にする前に、志摩に釘《くぎ》を刺されてしまった。

「いや、でも………」

「お前は気づかなかったかも知れないが、今この病室は面会出来なくなっているんだぞ」

「え？」

「それなのに、バタバタと駆け込んできおって」

「すんません、俺…全然気がつかなくて」

伊之助は素直に謝った。

霞夜のことしか考えてなくて、他に対する配慮が全く欠けてしまっている。

「まぁ、仕方あるまい。お前が浮かれるのも分かる」

志摩は初めて笑みを浮かべた。

「じゃあ、あの…俺、明日朝一で来るんで…」

「ああ…存分に彼女を誉《ほ》めてやってくれ」

「はい、それじゃ…先生、ありがとう」

伊之助は志摩に礼を言うと、もう一度ベッドの霞夜を見てから病院を後にした。

だが、帰ったからといって眠れるはずはなかった。朝が来るのを待ちわび、ちょうど病院が開く時間を見計らって、ギターを手に駆け込んだ。

霞夜の病室に入る。

そこには霞夜がいて、昨日、伊之助を送り出してくれた時のように、最高の笑顔で迎えてくれるはずだった。

でも…霞夜はベッドに身体を横たえたままで…。

そして、いくら待っても目を覚ますことはなかった。

エピローグ　Treating 2U

あれから…どれぐらいの時間が流れたのだろう…。

伊之助はふと自分が過ごしてきた時を振り返ったみたが、明確には思い出せない。

ここに来ると時が止まる…。

現実は移ろい、伊之助は紅葉と共にプロのミュージシャンとして脚光を浴びるようになっていた。念願だった三千年との合流も果たした。

建の手術が成功して、アメリカから戻ってくるという手紙を受け取った。

郁乃が蛍子を伴ってライブの楽屋に訪ねてきてくれた。

愛が志摩とつき合っていることを聞いた。

ドジだった杏菜が、今では立派な看護婦として采配《さいはい》を振るっていた。

だが…。

ここだけは、時間の流れが止まったままだ。

「霞夜……」

灯りのついていない部屋は、窓から入る月の光だけに照らし出されている。

伊之助はギターを弾く手を止めて、傍らのベッドで眠り続ける霞夜を見つめた。

霞夜だけが…あの時のまま。

手術の日、伊之助が霞夜に見送られてこの病室を後にした時から、二人の時間は停止した。決して未来はなくなってはいないが……動き出してはいない。

エピローグ　Treating 2 U

今も眠り続ける霞夜を、伊之助はじっと待ち続けていた。

約束だ…。

霞夜は必ず戻ってくると約束した。

だから…伊之助も約束通り、霞夜を待ち続ける。

そして、今夜も伊之助はギターを奏でる。あの日…霞夜に贈るはずだった曲を。

…曲が終わる。

伊之助はギターをケースにしまうと、眠り姫の顔を見つめ…背を向けた。

昨日と同じように…。

静かにドアを開け、もう一度だけ振り返り、いつもの言葉を口にする。

「…それじゃ、霞夜。また来る」

そして部屋から出ようと、一歩足を踏み出した時。

「……まっ……て」

微かに声が聞こえたような気がして、伊之助は慌てて振り返った。

「………っ‼」

弱々しくかすれた声ではあったが、間違いなく霞夜の声…。

「…………………」

ベッドの霞夜はいつもと変わらないように見える。

幻聴か…？

伊之助の微かな期待が作り出した、幻の声だったのだろうか…。

それでも、伊之助はその声が本物であることを信じたくて、ベッドに近づくと霞夜の手をそっと握った。

あたたかい…。

霞夜の手は、あの時のぬくもりを今でも失ってはいないのに。

「霞夜…起きてくれよ。もう…充分に眠っただろう？」

伊之助は霞夜の手を自分の頬《ほお》にあてる。

「俺…話したいことがいっぱいあるんだ。今度、大きなライブをやるんだよ。そこでさ、霞夜のために作った曲も演奏するからさ…」

霞夜の手のあたたかさが悲しくて、伊之助は涙を浮かべた。

…思い出だけなんかじゃ嫌だ。霞夜はここにいるのに。

「俺の腕の中に……戻ってきてくれよ」

熱い雫《しずく》が、伊之助の頬を伝って霞夜の頬に落ちた。

その瞬間…。

「……伊之助……さん」

霞夜の口が微かに開いて、確かに伊之助の名を呼んだ。

「…っ！」

伊之助は霞夜の手を握る手に力を込めた。まるでそれが合図であったかのように、霞夜は静かに…その目を開いた。

伊之助は咄嗟《とっさ》に言葉が出なかった。今、その名を呼びかけたら、目の前のことが幻のように消え去ってしまうような気がして…。

だが…。

「伊之助さん……すごい顔だよ」

眠り姫はそう言って、伊之助の手を僅《わず》かに握り返してきた。

幻ではない…。

「俺の顔なんか、どうでもいい…」

伊之助は涙に濡《ぬ》れた顔をさらに歪《ゆが》め、かすれた声で答えた。

「あのね……夢の中で、伊之助さんの歌声が聞こえたの。今まで…聴いたことのない、優しい曲だった…」

霞夜のために作った曲…。

それがとうとう、霞夜を目覚めさせることが出来たのだ。

「あれが…ご褒美の曲？」

「ばか…目を覚ましてからって、言っただろう」

「……ごめんなさい」

霞夜はそう言って微笑《ほほえ》んだ。

伊之助がずっと待ち続けた、伊之助だけの笑顔だった。

「あ……月？」

霞夜は自分を照らし出す月明かりに気づいて窓辺を見た。窓の外には、あの日、霞夜が見つめていたのと同じ月が浮かんでいる。

「……きれい」

「また…見れただろ」

「うん…」

霞夜は静かに頷《うなず》くと、伊之助を見て甘えた声で言った。

「もう一度…あの曲を聴かせてくれますか？」

「ああ…何度でも聴かせてやるよ」

「ありがとう…伊之助さん」

伊之助は再びケースからギターを取り出すと、ゆっくりと曲を奏でた。

霞夜のために作った曲を…。

『Ｔｒｅａｔｉｎｇ　２Ｕ』を…。

今日まで泣いていた
流されてく人の波に
いつかは訪れる日に
悔やまぬよう

誰もどこかに救い求めてる
生きていくことが
君の夢を追い続けることだよと
気づかせてあげる

そして
このままずっと今のままで
許しあいながら歩いてく
これからきっと見えてくる
明日へと夢をつなぐ

やっと…止まっていた時が動き出す。

END

あとがき

こんにちはっ、雑賀匡です。

今年初めての本、ブルーゲイル様の『Treating 2U』をお送りします。

このゲームには五人の女の子が登場するのですが、かなり悩んだ末に霞夜ちゃんをヒロインとして扱うことにしました。マルチエンディングのゲームをノベライズ化する時の宿命とはいえ、他の女の子のファンのみなさん、ごめんなさい。

ゲームをプレイされた方はご存じだと思いますが、エンディングの中には伊之助バージョンも存在します。

私はあの話も気に入っているのですが……え、どんな話かって？　それは是非、ゲームでお確かめください（笑）。

最後にパラダイムのK田編集長様とK崎様、お世話になりました。

そして、この本を手に取っていただいた方にお礼を申し上げます。また、お目にかかれる日を楽しみにしております。

雑賀　匡

Treating《トリーティング》 2 U《トゥーユー》

2000年5月10日 初版第1刷発行

著 者 雑賀 匡
原 作 ブルーゲイル
原 画 石原ますみ・巴エツル

発行人 久保田 裕
発行所 株式会社パラダイム
〒166-0011東京都杉並区梅里2-40-19
ワールドビル202
TEL03-5306-6921 FAX03-5306-6923

装 丁 林 雅之
印 刷 株式会社シナノ

乱丁・落丁はお取り替えいたします。
定価はカバーに表示してあります。

既刊ラインナップ

1 悪夢 ～青い果実の散花～ 原作:スタジオメビウス
2 脅迫 原作:アイル
3 痕 ～きずあと～ 原作:リーフ
4 慾 ～むさぼり～ 原作:May-Be SOFT TRUSE
5 黒の断章 原作:Abogado Powers
6 淫従の堕天使 原作:DISCOVERY
7 Esの方程式 原作:Abogado Powers
8 歪み 原作:May-Be SOFT TRUSE
9 悪夢 第二章 原作:スタジオメビウス
10 瑠璃色の雪 原作:アイル
11 官能教習 原作:テトラテック
12 復讐 原作:クラウド
13 淫Days 原作:ルナーソフト
14 お兄ちゃんへ 原作:ギルティ
15 緊縛の館 原作:XYZ

16 密猟区 原作:ZERO
17 淫内感染 原作:ジックス
18 月光獣 原作:ブルーゲイル
19 告白 原作:ギルティ
20 Xchange 原作:クラウド
21 虜2 原作:ディーオー
22 飼 原作:13cm
23 迷子の気持ち 原作:フォスター
24 ナチュラル ～身も心も～ 原作:フェアリーテール
25 放課後はフィアンセ 原作:スィートバジル
26 骸 ～メスを狙う顎～ 原作:SAGA PLANETS
27 朧月都市 原作:GODDESSレーベル
28 Shift! 原作:Trush
29 いまじねいしょんLOVE 原作:U・Me SOFT
30 ナチュラル ～アナザーストーリー～ 原作:フェアリーテール

31 キミにSteady 原作:ディーオー
32 ディヴァイデッド 原作:シーズウェア
33 紅い瞳のセラフ 原作:Bishop
34 MIND 原作:まんぼうSOFT
35 錬金術の娘 原作:BLACK PACKAGE
36 凌辱 ～好きですか?～ 原作:アイル
37 My dearアレながおじさん 原作:ブルーゲイル
38 狂*師 ～ねらわれた制服～ 原作:クラウド
39 UP! 原作:メイビーソフト
40 魔薬 原作:FLADY
41 臨界点 原作:スィートバジル
42 絶望 ～青い果実の散花～ 原作:スタジオメビウス
43 美しき獲物たちの学園 明日菜編 原作:ミンク
44 淫内感染 ～真夜中のナースコール～ 原作:ジックス
45 My Girl 原作:Jam

〈パラダイムノベルス新刊予定〉

☆話題の作品がぞくぞく登場！

4月

83.螺旋回廊

ru'f　原作
島津出水　著

　インターネット上で繰り広げられる、不可思議な体験。主人公がレイプ情報専門のホームページで見つけた秘密とは…?

85.夜勤病棟

ミンク　原作
高橋恒星　著

　医者の竜二は、かつて体を奪ったことのある女医から、妙な依頼を受ける。それは看護婦に実験と称し、調教を施すことだった！

5月

5月

90.Kanon

~the fox and the grapes~

Key　原作
清水マリコ　著

　『kanon』第4弾。祐一に襲いかかる、ひとりの少女。記憶をなくしたまま、なぜか彼を憎む真琴の真意は？